くりかえし読みたい
名俳句一〇〇〇

今井義和 選

彩図社

はじめに

本書は松尾芭蕉以降の近世から現代までの俳人２４３名の代表句ないし名句１０００句を掲載しています。

生涯に関わる名句をテーマ別に編集したものであり、歴代の俳人達が人生の哀歓をいかに季語に寄せて十七文字の中に表現してきたかがよく分かります。そこには俳人達の心情が見事に凝縮して表現されており、その真摯な生き様に心が揺さぶられる思いがするでしょう。

冒頭から読んでいただければ、人間の誕生から亡くなるまでの流れを追うことができます。また、好みのテーマを選んで著名な俳人達の競詠として鑑賞してもよいでしょう。俳句を愛する人たちに興味深く読んでもらい今後の句作や鑑賞に少しでもお役に立てれば幸いです。

句の配列はテーマごとに季語により春夏秋冬、新年、無季の順に分類して、各季においては俳人の生年順としました。春夏秋冬の各句は全テーマにつき同句数とし所収句には原句にはない箇所にも現代かなづかいのルビを振って読みやすくしています。

目次

第一章【生命の輝き】

『誕生〜嬰児』

春

鶯《うぐいす》の声聞きしより妻孕《はら》み　内藤鳴雪《ないとうめいせつ》

春燈《しゅんとう》やはなのごとくに嬰《こ》のなみだ　飯田蛇笏《いいだだこつ》

見え初《そ》めし子の目にうつり春の雲　石塚友二《いしづかともじ》

赤子泣く春あかつきを呼ぶごとく　森澄雄《もりすみお》

背《せな》の子は海を見てをり和布《わかめ》干す　加藤三七子《かとうみなこ》

授乳後の胸拭《ふ》きており麦青し　飴山《あめやま》實《みのる》

ごうごうと鳴る産み月のかざぐるま　鎌倉《かまくら》佐弓《さゆみ》

蹴《け》り初《ぞ》めは母のおなかや夕桜　恩田《おんだ》侑布子《ゆうこ》

座布団《ざぶとん》に赤子寝かさる雛《ひな》まつり　黛《まゆずみ》まどか

百年は生きよみどりご春の月　仙田《せんだ》洋子《ようこ》

産声《うぶごえ》のまはりの無音花吹雪《はなふぶき》　鶴岡《つるおか》加苗《かなえ》

夏

竹の子や児《ちご》の歯ぐきのうつくしき　嵐雪《らんせつ》

おうた子に髪なぶらるゝ暑さ哉《かな》　園女《そのめ》

産衣《うぶぎ》着てはやも家族や蝉《せみ》涼し　渡辺水巴《わたなべすいは》

短夜《みじかよ》や乳ぜり泣く児《こ》を須可捨焉乎《すてつちまおか》　竹下《たけした》しづの女《じょ》

麦秋や乳児《ちご》に噛《か》まれし乳の創《きず》　橋本多佳子《はしもとたかこ》

万緑《ばんりょく》の中や吾子《あこ》の歯生《は》え初《そ》むる　中村草田男《なかむらくさたお》

吾子たのし涼風《すずかぜ》をけり母をけり　篠原鳳作《しのはらほうさく》

ちらと笑《え》む赤子の昼寝通り雨　秋元不死男《あきもとふじお》

天瓜粉《てんかふん》しんじつ吾子は無一物《むいちぶつ》　鷹羽狩行《たかはしゅぎょう》

産むというおそろしきこと青山河《あおさんが》　寺井谷子《てらいたにこ》

産み終えて涼しい切株の気持ち　神野紗希《こうのさき》

秋

初秋や抱く子によべの天瓜粉　大谷碧雲居《おおたにへきうんきょ》

妻のぬふ産衣《うぶぎ》や秋の茜染《あかねぞ》め　芥川龍之介《あくたがわりゅうのすけ》

咳《せき》ひとつ赤子のしたる夜寒《よさむ》かな　芥川龍之介

天の川今滝なせり産声を　橋本多佳子《はしもとたかこ》

吾妻《あづま》かの三日月ほどの吾子胎《やど》すか　中村草田男《なかむらくさたお》

良夜《りょうや》かな赤子の寝息麩《ふ》のごとく　飯田龍太《いいだりゅうた》

いわし雲嬰《やや》をはじめて草に置く　友岡子郷《ともおかしきょう》

首据《す》わる赤子に秋の畝傍山《うねびやま》　宮坂静生《みやさかしずお》

揺さぶられ生んだ私の満月よ　鳴戸奈菜《なるとなな》

寝返りし子は月光に近づきぬ　対馬康子《つしまやすこ》

初潮《はつしお》や人は人産む月あかり　中西夕紀《なかにしゆき》

冬

しみじみと子は肌へつくみぞれ哉　秋色《しゅうしき》

みどり子の頭巾眉深《ずきんまぶか》きいとおしみ　蕪村《ぶそん》

一人づつ子に白湯《さゆ》のます深雪《みゆき》かな　長谷川春草《はせがわしゅんそう》

ねむたさの稚子《ちご》の手ぬくし雪こんこん　橋本多佳子《はしもとたかこ》

あかんぼの舌の強さや飛び飛ぶ雪　中村草田男《なかむらくさたお》

子の臀《しり》を掌《て》に受け沈む冬至《とうじ》の湯　田川飛旅子《たがわひりよし》

人も子をなせり天地も雪ふれり　野見山朱鳥《のみやまあすか》

聖夜眠れり頸《くび》やはらかき幼な子は　森澄雄《もりすみお》

クリスマスプレゼントあり赤ん坊にも　山崎ひさを《やまざき》

ねんねこの中で歌ふを母のみ知る　千原叡子《ちはらえいこ》

冬銀河《ふゆぎんが》かくもしづかに子の宿る
仙田洋子《せんだようこ》

新年

初風呂へ産子《うぶご》をつつむましろにぞ
下村槐太《しもむらかいた》

赤ん坊に敷《し》く大いなる宝舟
有馬朗人《ありまあきと》

無季

にぎりしめにぎりしめし掌《て》に何もなき
篠原鳳作《しのはらほうさく》

黒髪の吾子生《あ》れ目より涙落つ
渡辺白泉《わたなべはくせん》

産声の途方に暮れていたるなり　池田澄子《いけだすみこ》

『幼児～学童』

春

雪とけて村一《いっ》ぱいの子ども哉《かな》　一茶《いっさ》

遠足の野路《のじ》の子供の列途切れ　高浜虚子《たかはまきよし》

梅おそし子を病《や》ましむる責ふかく　竹下《たけした》しづの女《じょ》

姉ゐねばおとなしき子やしやぼん玉　杉田久女《すぎたひさじょ》

子供等に夜が来れり遠蛙《とおかわず》　山口青邨《やまぐちせいそん》

春泥《しゅんでい》に子等のちんぽこならびけり　川端茅舎《かわばたぼうしゃ》

摘草《つみくさ》の子は声あげて富士を見る　横光利一《よこみつりいち》

泣いてゆく向ふに母や春の風　中村汀女《なかむらていじょ》

ふりあふぐ黒きひとみやしやぼんだま　日野草城《ひのそうじょう》

遠足の女教師の手に触れたがる　山口誓子《やまぐちせいし》

遠足の列大丸の中とおる　田川飛旅子《たがわひりょし》

夏

つかみ合ふ子供のたけや麦畠《むぎばたけ》　去来《きょらい》

五月雨《さみだれ》に小鮒《こぶな》をにぎる子供かな　野坡《やば》

野の道や童《わらべ》蛇打つ麦の秋　正岡子規《まさおかしき》

村の子の草くぐりゆく清水かな　石井露月《いしいろげつ》

裸でうたふ子の列大人はいくさなすな　中村草田男《なかむらくさたお》

匙《さじ》なめて童たのしも夏氷　山口誓子《やまぐちせいし》

子を殴《う》ちしながき一瞬天の蟬《せみ》　秋元不死男《あきもとふじお》

谷は夕焼子は湯あがりの髪ぬれて　長谷川素逝《はせがわそせい》

どの子にも涼しく風の吹く日かな　飯田龍太《いいだりゅうた》

桑の実や擦《す》り傷絶えぬ膝小僧《ひざこぞう》　上田五千石《うえだごせんごく》

ふいに子の遊びが変はり夏に入る　小澤克己《おざわかつみ》

秋

名月をとつてくれろと泣子《なくこ》哉　一茶《いっさ》

鳳仙花《ほうせんか》は小さき娘が植ゑにけり　河東碧梧桐《かわひがしへきごとう》

村の子はいつまで裸鵙《もず》の声　青木月斗《あおきげっと》

女の子交りて淋し椎《しい》拾ふ　渡辺水巴《わたなべすいは》

駆《か》けだして来て子のころぶ秋の暮　久保田万太郎《くぼたまんたろう》

学童の会釈《えしゃく》優しく草紅葉《くさもみじ》　杉田久女《すぎたひさじょ》

あはれ子の夜寒《よさむ》の床の引けば寄る　中村汀女《なかむらていじょ》

撫子《なでしこ》や吾子にちいさき友達出来《でき》　加倉井秋を《かくらいあきお》

子にみやげなき秋の夜《よ》の肩ぐるま　能村登四郎《のむらとしろう》

酒も少しは飲む父なるぞ秋の夜は　大串章《おおぐしあきら》

湯上りの項匂《うなじ》ふよ地蔵盆　三村純也《みむらじゅんや》

冬

冬ごもり妻にも子にもかくれん坊《ぼ》　蕪村《ぶそん》

子が居ねば一日寒き畳《たたみ》なり　臼田亜浪《うすだあろう》

雪の夜や家をあふるる童声《わらべごえ》　前田普羅《まえだふら》

竹馬やいろはにほへとちり〴〵に　久保田万太郎《くぼたまんたろう》

旅の吾子実だけを摘《つ》んで藪柑子《やぶこうじ》　中村草田男《なかむらくさたお》

吾子はみな柚子湯《ゆずゆ》の柚子を胸に抱き　山口青邨《やまぐちせいそん》

七五三飴《あめ》も袂《たもと》もひきずりぬ　原田種茅《はらだたねじ》

童女《どうじょ》より冬蝶のぼるかがやきて　橋本多佳子《はしもとたかこ》

咳《せき》の子のなぞなぞあそびきりもなや　中村汀女《なかむらていじょ》

雪の中子等の叫びの遠のけり　桂信子《かつらのぶこ》

毛布にてわが子二頭を捕鯨《ほげい》せり　辻田克巳《つじたかつみ》

新年

正月の子供に成《なり》て見たき哉　一茶《いっさ》

男湯の初湯に白し女の子　松浦為王《まつうらいおう》

わらんべの溺《おぼ》るるばかり初湯かな　飯田蛇笏《いいだだこつ》

ひかへたる稚児《ちご》も凛々《りり》しや弓始《ゆみはじめ》　山口青邨《やまぐちせいそん》

一軒家より色が出て春着《はるぎ》の児《こ》　阿波野青畝《あわのせいほ》

膝《ひざ》に来て模様に満ちて春着の子　中村草田男《なかむらくさたお》

左義長《さぎちょう》へ行く子行き交ふ藁《わら》の音　中村草田男

福寿草この子大器の相ありと　水原春郎《みずはらはるお》

無季

女児《じょじ》の手に海の小石も睡《ねむ》りたる　佐藤鬼房《さとうおにふさ》

『少年・少女〜青春期』

春

前髪もまだ若草の匂《にお》ひかな

芭蕉《ばしょう》

ちる花にはにかみとけぬ娘哉《かな》

一茶《いっさ》

少女《おとめ》らのむらがる芝生萌《も》えにけり

室生犀星《むろうさいせい》

校塔《こうとう》に鳩多き日や卒業す

中村草田男《なかむらくさたお》

少年の見遣《や》るは少女鳥雲に

中村草田男

卒業の兄と来てゐる堤かな

芝不器男《しばふきお》

春ひとり槍《やり》投げて槍に歩み寄る

能村登四郎《のむらとしろう》

湯の少女臍《へそ》すこやかに山ざくら　飯田龍太《いいだりゅうた》

薔薇《ばら》よりも青年匂《にお》う聖金曜日　楠本憲吉《くすもとけんきち》

さらば少年薄氷《うすらひ》高く日へ投じ　恩田侑布子《おんだゆうこ》

少年に煙草《たばこ》のにほひ春浅き　甲斐由起子《かいゆきこ》

夏

浴衣《ゆかた》着て少女の乳房高からず　高浜虚子《たかはまきょし》

算術の少年しのび泣けり夏　西東三鬼《さいとうさんき》

少年の夏シャツ右肩裂けにけり
中村草田男《なかむらくさたお》

プラタナス夜《よ》もみどりなる夏は来《き》ぬ
石田波郷《いしだはきょう》

かなかなや素足少女が灯《ひ》をともす
森澄雄《もりすみお》

サーフィンの若者徴兵《ちょうへい》を知らぬ
金子兜太《かねことうた》

揚羽《あげは》より速し吉野の女学生
藤田湘子《ふじたしょうし》

愛されずして沖遠く泳ぐなり
藤田湘子

夏の少女が生態系を乱すなり
大牧広《おおまきひろし》

駆けてゆくポニーテールや夏の海　今橋眞理子《いまはしまりこ》

泳ぎ来て果実のやうな言葉投ぐ　黛《まゆずみ》まどか

秋

秋の夜や学業語る親の前　河東碧梧桐《かわひがしへきごとう》

月夜少女小公園の木の股《また》に　西東三鬼《さいとうさんき》

少年に愛す沼あり花すゝき　五所平之助《ごしょへいのすけ》

女学生うつしみ匂《にお》ふ照葉《てりは》かな　下村槐太《しもむらかいた》

子等に試験なき菊月《きくづき》のわれ愉《たの》し　能村登四郎《のむらとしろう》

少女膝《ひざ》をこぼして木《こ》の実《み》拾いけり　楠本憲吉《くすもとけんきち》

少年の薄化粧して風の盆　木田千女《きだせんじょ》

制服の少女あふれて鹿の奈良　加藤三七子《かとうみなこ》

少年走る秋晴れの日の古き写真　津沢マサ子《つざわこ》

学校へ来ない少年秋の蝉　藺草慶子《いぐさけいこ》

寂しいと言い私を蔦《つた》にせよ　神野紗希《こうのさき》

冬

うそぶきて思春の乙女《おとめ》毛糸編む　飯田蛇笏《いいだだこつ》

寒夜明るし別れて少女馳《か》け出だす　西東三鬼《さいとうさんき》

少年を枝にとまらせ春待つ木　西東三鬼

スエターの胸まだ小さし巨《おお》きくなれ　京極杞陽《きょうごくきよう》

少女の素足路地へすつ飛ぶ十一月　能村登四郎《のむらとしろう》

鷲《わし》飛びし少年の日よ雪嶺《せつれい》よ　多田裕計《ただゆうけい》

少年美し雪夜の火事に昂《たかぶ》りて　中村苑子《なかむらそのこ》

一少女ジャケツの胸に鍵垂らし　田川飛旅子《たがわひりよし》

女学生の黒き靴下聖夜ゆく　桂信子《かつらのぶこ》

跳箱《とびばこ》の突き手一瞬冬が来る　友岡子郷《ともおかしきよう》

眉《まゆ》の根に泥乾きゐるラガーかな　三村純也《みむらじゆんや》

新年

やぶ入《いり》の寝るやひとりの親の側《そば》　太祇《たいぎ》

屠蘇《とそ》の座や立ちまはる児《こ》の姉らしき　井上井月《いのうえせいげつ》

母と寝て母を夢むる藪入《やぶいり》かな　松瀬青々《まつせせいせい》

羽子板の重きが嬉し突かで立つ　長谷川《はせがわ》かな女《じょ》

誰《た》が妻とならむとすらむ春着の子　日野草城《ひのそうじょう》

無季

白馬《しろうま》を少女瀆《けが》れて下《お》りにけむ　西東三鬼《さいとうさんき》

真昼の湯子の陰毛の光るかな　西東三鬼

少年ありピカソの青のなかに病《や》む

三橋敏雄《みつはしとしお》

第二章　【人生の哀歓】

『喜び・幸福』

春

おもしろやことしのはるも旅の空
芭蕉《ばしょう》

あふむけば口いつぱいにはる日哉《かな》
成美《せいび》

荷車に娘載《の》せけり桃の花
正岡子規《まさおかしき》

桜餅買うて水行く隅田川《すみだがわ》
本田あふひ《ほんだあおい》

のどかさに寝てしまひけり草の上
松根東洋城《まつねとうようじょう》

女湯の声の覚《おぼ》えや春の宵《よい》

外《と》にも出よ触るるばかりに春の月

麗《うるわ》しき春の七曜《しちよう》またはじまる

チチポポと鼓打《つづみ》たうよ花月夜《はなづきよ》

ゆく春や身に倖《しあわ》せの割烹着《かっぽうぎ》

バスを待ち大路《おおじ》の春をうたがはず

家々や菜の花いろの燈《ひ》をともし

会津八一《あいづやいち》

中村汀女《なかむらていじょ》

山口誓子《やまぐちせいし》

松本《まつもと》たかし

鈴木真砂女《すずきまさじょ》

石田波郷《いしだはきょう》

木下夕爾《きのしたゆうじ》

夏

涼しさに四《よ》つ橋《ばし》を四つ渡りけり　来山《らいざん》

夏河を越すうれしさよ手に草履《ぞうり》　蕪村《ぶそん》

灯を消せば涼しき星や窓に入る　夏目漱石《なつめそうせき》

文机《ふづくえ》に顔押しつけて昼寝哉《かな》　正岡子規《まさおかしき》

一生の楽しきころのソーダ水　富安風生《とみやすふうせい》

浴衣裁《た》つこころ愉《たの》しき薄暑《はくしょ》かな　高橋淡路女《たかはしあわじじょ》

ゆくもまたかへるも祇園囃子《ぎおんばやし》の中
橋本多佳子《はしもとたかこ》

おそるべき君等の乳房夏来《きた》る
西東三鬼《さいとうさんき》

ねむりても旅の花火の胸にひらく
大野林火《おおのりんか》

泉への道後《おく》れゆく安けさよ
石田波郷《いしだはきよう》

人生の輝いてゐる夏帽子
深見《ふかみ》けん二《じ》

風薫《かお》るこれからといふ人生に
今橋眞理子《いまはしまりこ》

秋

脱ぎすてて角力《すもう》になりぬ草の上　太祇《たいぎ》

小鳥来る音うれしさよ板庇《いたびさし》　蕪村《ぶそん》

古里に帰るは嬉し菊の頃　夏目漱石《なつめそうせき》

小鳥来て午後の紅茶のほしきころ　富安風生《とみやすふうせい》

よろこべばしきりに落つる木《こ》の実《み》かな　富安風生

友情をこころに午後の花野径《はなのみち》　飯田蛇笏《いいだだこつ》

人それぞれ書を読んでゐる良夜《りようや》かな
山口青邨《やまぐちせいそん》

星空へ店より林檎《りんご》あふれをり
橋本多佳子《はしもとたかこ》

西瓜《すいか》切るや家に水気《みずけ》と色あふれ
西東三鬼《さいとうさんき》

今生《こんじよう》のいまが倖《しあわ》せ衣被《きぬかつぎ》
鈴木真砂女《すずきまさじよ》

菊の香や新郎新婦玉のごと
楠本憲吉《くすもとけんきち》

花野来て夜は純白の夜具の中
岡本眸《おかもとひとみ》

冬

行く年や膝《ひざ》と膝とをつき合せ　夏目漱石《なつめそうせき》

窓の灯《ひ》やわが家うれしき夜の雪　永井荷風《ながいかふう》

どの家もみな仕合せや干蒲団《ほしぶとん》　鈴木花蓑《すずきはなみの》

行く年やわれにもひとり女弟子《でし》　富田木歩《とみたもっぽ》

何か愉《たの》し年終る夜の熱き湯に　日野草城《ひのそうじょう》

おでん酒酌むや肝胆相照《かんたんあいて》らし　山口誓子《やまぐちせいし》

本買へば表紙が匂《にお》ふ雪の暮

大野林火《おおのりんか》

玉の如《ごと》き小春日和《びより》を授《さず》かりし

松本《まつもと》たかし

雪たのしわれにたてがみあればなほ

桂信子《かつらのぶこ》

雪見酒なんのかんのと幸せよ

星野椿《ほしのつばき》

冬ぬくし父の蔵書《ぞうしょ》のなかにゐて

西宮舞《にしみやまい》

コンビニのおでんが好きで星きれい

神野紗希《こうのさき》

新年

目出度《めでた》さもちう位也《くらいなり》おらが春　一茶《いっさ》

めでたさも一茶位《くらい》や雑煮餅《ぞうにもち》　正岡子規《まさおかしき》

賑《にぎ》やかにふきあげて来る雑煮かな　松瀬青々《まつせせいせい》

口あけて腹の底まで初笑　高浜虚子《たかはまきよし》

初春や眼鏡のままにうとうとと　日野草城《ひのそうじょう》

日本がここに集る初詣《はつもうで》　山口誓子《やまぐちせいし》

猫と居る庭あたたかし賀客《がきやく》来る
松本《まつもと》たかし

幸せの真只中《まつただなか》の屠蘇《とそ》を干す
鈴木真砂女《すずきまさじよ》

にぎやかな妻子の初湯覗《のぞ》きけり
小島健《こじまけん》

『情熱・信念』

春

春風や闘志いだきて丘に立つ
高浜虚子

これよりは恋や事業や水温《ぬる》む
高浜虚子

勇気こそ地の塩なれや梅真白《うめましろ》　中村草田男《なかむらくさたお》

初蝶やわが三十の袖袂《そでたもと》　石田波郷《いしだはきょう》

凧《いかのぼり》なにもて死なむあがるべし　中村苑子《なかむらそのこ》

落椿《おちつばき》われならば急流へ落つ　鷹羽狩行《たかはしゅぎょう》

芹摘《せりつ》みて男なんかと思うに至る　鳴戸奈菜《なるとなな》

夏

張りとほす女の意地や藍《あい》ゆかた　杉田久女《すぎたひさじょ》

蛍籠《ほたるかご》昏《くら》ければ揺《ゆ》り炎《も》えたゝす　橋本多佳子《はしもとたかこ》

蟾蜍《ひきがえる》長子《ちようし》家去る由《よし》もなし　中村草田男

夏帯や一途《いちず》といふは美しき　鈴木真砂女《すずきまさじょ》

激しさのかたまり落つる女瀧《めだき》かな　鷲谷七菜子《わしたにななこ》

明日も生きん白き炎《ほむら》の髪洗ひ　木田千女《きだせんじょ》

雲の峰一人の家を一人発ち　岡本眸《おかもとひとみ》

秋

野分《のわき》野に立つや天下の志　佐藤紅緑《さとうこうろく》

こほろぎのこの一徹《いってつ》の貌《かお》を見よ　山口青邨《やまぐちせいそん》

この樹《き》登らば鬼女となるべし夕紅葉《ゆうもみじ》　三橋鷹女《みつはしたかじょ》

秋袷《あきあわせ》激しき性《しょう》は死ぬ日まで　稲垣《いながき》きくの

桔梗《きちこう》や男も汚れてはならず　石田波郷《いしだはきょう》

曼珠沙華蕊《まんじゅしゃげしべ》のさきまで意志通す　鍵和田秞子《かぎわだゆうこ》

秋の雲立志伝《りつしでん》みな家を捨つ　　上田五千石《うえだごせんごく》

冬

埋火《うずみび》や夜学にあぶる掌《たなごころ》　　白雄《しらお》

初時雨《はつしぐれ》これより心定まりぬ　　高浜虚子《たかはまきよし》

冬に負けじ割りてはくらふ獄《ごく》の飯《めし》　　秋元不死男《あきもとふじお》

明日ありやあり外套《がいとう》のボロちぎる　　秋元不死男

生きることは一と筋がよし寒椿《かんつばき》　　五所平之助《ごしょへいのすけ》

冬の雲なほ捨てきれぬこころざし

鷲谷七菜子《わしたにななこ》

強情《ごうじよう》を以《もつ》て今年を終るなり

藤田湘子《ふじたしようし》

新年

ことしから丸儲《まるもうけ》ぞよ娑婆《しやば》遊び

一茶《いつさ》

年改《あらた》まり人改まり行くのみぞ

高浜虚子《たかはまきよし》

無季

しんしんと肺碧《あお》きまで海のたび

篠原鳳作《しのはらほうさく》

『ユーモア・諧謔』

春

春雨やぬけ出たまゝの夜着《よぎ》の穴　丈草《じょうそう》

井戸ばたの桜あぶなし酒の酔　秋色《しゅうしき》

春風や侍二人犬の供《とも》　一茶

死支度致《しにじたくいた》せ〳〵と桜哉《かな》　一茶

思ひきつて独活大木《うどたいぼく》となつて見よ　寺田寅彦《てらだとらひこ》

時計屋の時計春の夜《よ》どれがほんと　久保田万太郎《くぼたまんたろう》

ぜんまいののの字ばかりの寂光土《じやつこうど》　川端茅舎《かわばたぼうしや》

亀鳴くを聞きたくて長生きをせり　桂信子《かつらのぶこ》

子の凧《たこ》の尾を踏みし罪軽からず　辻田克巳《つじたかつみ》

啓蟄《けいちつ》や出会ふは女ばかりなる　細野恵久《ほそのけいきゆう》

四月一日逢う約束をした二人　鳴戸奈菜《なるとなな》

多分だが磯巾着《いそぎんちやく》は義理堅い　坪内稔典《つぼうちねんてん》

夏

武士町や四角四面に水を蒔《ま》く　一茶《いっさ》

叩《たた》かれて昼の蚊を吐《は》く木魚哉《もくぎょかな》　夏目漱石《なつめそうせき》

青蛙《あおがえる》おのれもペンキぬりたてか　芥川龍之介《あくたがわりゅうのすけ》

まくなぎの阿鼻叫喚《あびきょうかん》をふりかぶる　西東三鬼《さいとうさんき》

手の薔薇《ばら》に蜂《はち》来れば我王の如《ごと》し　中村草田男《なかむらくさたお》

扇風機大き翼《つばさ》をやすめたり　山口誓子《やまぐちせいし》

なりはいや鯵《あじ》を叩くに七五調　鈴木真砂女《すずきまさじょ》

永久に出るつもりなしラムネ玉　鈴木六林男《すずきむりお》

禅堂へ入らむ蟹《かに》の高歩き　飴山實《あめやまみのる》

炎天へ打つて出るべく茶漬飯《ちゃづけめし》　川崎展宏《かわさきてんこう》

長生きか死に後れしか山椒魚《さんしょううお》　鷹羽狩行《たかはしゅぎょう》

傷心の旅だといふがサンドレス　櫂未知子《かいみちこ》

秋

戸をたゝく狸《たぬき》と秋をおしみけり　蕪村《ぶそん》

洟《はな》かんで耳鼻相通《あいつう》ず今朝の秋　飯田蛇笏《いいだだこつ》

秋鶏《あきどり》が見てゐる陶《とう》の卵かな　飯田蛇笏

案山子翁《かがしおう》あち見こち見や芋嵐《いもあらし》　阿波野青畝《あわのせいほ》

鳥わたるこきこきこきと罐《かん》切れば　秋元不死男《あきもとふじお》

にせものときまりし壺の夜長《よなが》かな　木下夕爾《きのしたゆうじ》

秋高し仏頂面《ぶつちようづら》も俳諧なり　金子兜太《かねことうた》

コスモスの押しよせてゐる厨口《くりやぐち》　清崎敏郎《きよさきとしお》

秋茄子《あきなす》や誰もいぬので拝んでみる　宇多喜代子《うだきよこ》

死んだふりしてもひとりや夜の長さ　行方克巳《なめかたかつみ》

万有引力あり馬鈴薯《ばれいしょ》にくぼみあり　奥坂《おくさか》まや

菊着せられて弁慶の立往生《おうじょう》　黛《まゆずみ》まどか

冬

あら何共《なんとも》なやきのふは過《すぎ》て河豚汁《ふぐとじる》　芭蕉《ばしょう》

いざさらば雪見にころぶ所まで　芭蕉

尾頭《おかしら》の心もとなき海鼠《なまこ》哉　去来《きょらい》

憂きことを海月《くらげ》に語る海鼠《なまこ》かな　召波《しょうは》

づぶ濡《ぬれ》の大名を見る炬燵《こたつ》哉　一茶《いっさ》

大根《だいこ》引き大根で道を教へけり　一茶

人間の海鼠《なまこ》となりて冬籠《ふゆごも》る　寺田寅彦《てらだとらひこ》

ぴつたりしめた穴だらけの障子《しょうじ》である　尾崎放哉《おざきほうさい》

何もかも知つてをるなり竈猫《かまどねこ》　富安風生《とみやすふうせい》

出刃《でば》を呑《の》むぞと鮟鱇《あんこう》は笑ひけり　阿波野青畝《あわのせいほ》

熱燗《あつかん》や討入《うちい》りおりた者同士　川崎展宏《かわさきてんこう》

佐渡ヶ島ほどに布団《ふとん》を離しけり　櫂未知子《かいみちこ》

新年

ねこに来る賀状や猫のくすしより　久保《くぼ》より江《え》

なまけものぶらさがり見る去年今年《こぞことし》　有馬朗人《ありまあきと》

数の子を埋蔵金《まいぞうきん》のごとく出す　鷹羽狩行《たかはしゅぎょう》

『働く』

春

動くとも見えで畑打《はたう》つ男かな　去来《きょらい》

畑打つやうごかぬ雲もなくなりぬ　蕪村《ぶそん》

生きかはり死にかはりして打つ田かな　村上鬼城《むらかみきじょう》

物いはぬ人と生れて打つ畠《はた》か　夏目漱石《なつめそうせき》

役人になるが嫌ひで芋《いも》植うる
佐藤紅緑《さとうこうろく》

春風や仏を刻《きざ》む鉋屑《かんなくず》
大谷句仏《おおたにくぶつ》

天近く畑打つ人や奥吉野
山口青邨《やまぐちせいそん》

種蒔《たねま》くや雪の立山神ながら
本田一杉《ほんだいっさん》

畑打つや土よろこんでくだけけり
阿波野青畝《あわのせいほ》

麦踏みの後ろ手解けば了《おわ》るなり
田川飛旅子《たがわひりよし》

ねむき子を負《お》ひメーデーの後尾《こうび》ゆく
佐藤鬼房《さとうおにふさ》

花冷《はなびえ》や吾《われ》に象牙の聴診器　水原春郎《みずはらはるお》

筆太《ふでぶと》に書く春闘の妥結額　柏原眠雨《かしわばらみんう》

夏

越後屋《えちごや》にきぬさく音や更衣《ころもがえ》　其角《きかく》

麦秋《むぎあき》や子を負《おい》ながらいわし売《うり》　一茶《いっさ》

能もなき教師とならんあら涼し　夏目漱石《なつめそうせき》

闘争本部からはつらつと夏の少女たち　栗林一石路《くりばやしいっせきろ》

女出て蛍売《ほたるうり》よぶ軒浅き　富田木歩《とみたもっぽ》

水打ってそれより女将《おかみ》の貌《かお》となる　鈴木真砂女《すずきまさじょ》

勤め憂し夜《よ》をのみ坐る梅雨畳　桂信子《かつらのぶこ》

日盛《ひざか》りに仕事の父の大きな背　辻田克巳《つじたかつみ》

女教師の矜持《きょうじ》に疲れ夏あざみ　鍵和田秞子《かぎわだゆうこ》

考へる書く稼《かせ》がない竹煮草《たけにぐさ》　黒田杏子《くろだももこ》

炎天を行く食はむため生きむため　遠藤若狭男《えんどうわかさお》

定年の前に辞めしと冷奴《ひややつこ》　遠藤若狭男

サラリーマンあと十年か更衣　小川軽舟《おがわけいしゅう》

秋

砧打《きぬたうち》て我に聞かせよや坊が妻　芭蕉《ばしょう》

乳を出して船漕《こ》ぐ海士《あま》や蘆《あし》の花　北枝《ほくし》

秋の夜や旅の男の針仕事　一茶《いっさ》

虫売も舟に乗りけり隅田川《すみだがわ》　内藤鳴雪《ないとうめいせつ》

大根蒔《ま》く戦《いくさ》に負けし貧しさに　山口《やまぐち》青邨《せいそん》

暴落西瓜《すいか》百姓くわつと割つて食う　栗林《くりばやし》一石路《いっせきろ》

ふくよかな乳に稲扱《こ》く力かな　川端《かわばた》茅舎《ぼうしゃ》

夜業人《やぎょうびと》に調帯《ベルト》たわたわたわたわす　阿波野《あわの》青畝《せいほ》

教師は負ひ生徒は対《むか》ふ秋の風　中村《なかむら》草田男《くさたお》

長靴に腰埋《うず》め野分《のわき》の老教師　能村《のむら》登四郎《としろう》

友死すと掲示してあり休暇明《あけ》　上村《うえむら》占魚《せんぎょ》

螻蛄《けら》鳴くや濡れ手で粟《あわ》の仕事はなし　成瀬櫻桃子《なるせおうとうし》

隣の課灯《ひ》の消えてゐるちぢろかな　小川軽舟《おがわけいしゅう》

冬

侘《わび》しさや大晦日《おおみそか》の油売り　曾良《そら》

炭を挽《ひ》く手袋の手して母よ　河東碧梧桐《かわひがしへきごとう》

人波の流れやまぬに暦売《こよみうり》　富安風生《とみやすふうせい》

炭売の娘《こ》のあつき手に触《さわ》りけり　飯田蛇笏《いいだだこつ》

かじかみて禁閲《きんえつ》の書を吾が守れり　竹下《たけした》しづの女《じょ》

太陽や農夫葱《ねぎ》さげ漁夫章魚《ぎょふたこ》さげ　西東三鬼《さいとうさんき》

懐《ふところ》にボーナスありて談笑す　日野草城《ひのそうじょう》

放課後のオルガン鳴りて火の恋し　中村草田男《なかむらくさたお》

一生を辞書編纂《へんさん》や石蕗《つわ》の花　五所平之助《ごしょへいのすけ》

降る雪やここに酒売る灯《ひ》をかかげ　鈴木真砂女《すずきまさじょ》

板前は教へ子なりし一《いち》の酉《とり》　能村登四郎《のむらとしろう》

冬晴やお陰様にて無位無官　藤田湘子《ふじたしょうし》

古書街のひとつの木椅子冬賞与　黒田杏子《くろだももこ》

新年

売初《うりぞめ》やよゝと盛りたる枡《ます》の酒　西山泊雲《にしやまはくうん》

縫始《ぬいはじめ》今暖めて来し手かな　中村汀女《なかむらていじょ》

患者診しあとの雑煮《ぞうに》となりにけり　下村《しもむら》ひろし

初仕事包丁にくもり許されず　鈴木真砂女

何もせず坐りて仕事始めかな　清水基吉《しみずもとよし》

三日はやもの書きといふ修羅《しゆら》あそび　鍵和田秞子《かぎわだゆうこ》

無季

シャツ雑草にぶつかけておく　栗林一石路《くりばやしいっせきろ》

美しきネオンの中に失職せり　富澤赤黄男《とみざわかきお》

銀行員等《ら》朝より蛍光す烏賊《いか》のごとく　金子兜太《かねことうた》

『憂愁・孤独』

春

我と来て遊べや親のない雀

一茶《いっさ》

おちついて死ねさうな草萌《も》ゆる

種田山頭火《たねださんとうか》

椿《つばき》落つる我が死ぬ家の暗さかな

前田普羅《まえだふら》

一日物云はず蝶の影さす

尾崎放哉《おざきほうさい》

花衣《はなごろも》ぬぐやまつはる紐《ひも》いろ〳〵

杉田久女《すぎたひさじょ》

ふらここの天より垂《た》れて人あらず

三橋鷹女《みつはしたかじょ》

皆行方不明の春に我は在り　永田耕衣《ながたこうい》

人体に落花舞いこむ寂しさよ　永田耕衣

妹の嫁《とつ》ぎて四月永かりき　中村草田男《なかむらくさたお》

渦潮《うずしお》の底を思へば悲しさ満つ　山口誓子《やまぐちせいし》

淋しさに摘《つ》む芹《せり》なれば籠《こ》に満たず　加倉井秋を《かくらいあきお》

妻亡くて道に出てをり春の暮　森澄雄《もりすみお》

紺絣《こんがすり》春月《しゅんげつ》重く出《い》でしかな　飯田龍太《いいだりゅうた》

残りしか残されゐしか春の鴨《かも》　岡本《おかもと》眸《ひとみ》

幸福を売る宣伝の赤風船　河野《こうの》青華《せいか》

妻でなく母でなく午後のアネモネ　対馬《つしま》康子《やすこ》

夏

うき我をさびしがらせよかんこ鳥　芭蕉《ばしょう》

愁《うれ》ひつゝ岡にのぼれば花いばら　蕪村《ぶそん》

さびしさや一尺消《きえ》てゆくほたる　北枝《ほくし》

大の字に寝て涼しさよ淋しさよ　一茶《いっさ》

郭公《かっこう》や何処《どこ》までゆかば人に逢はむ　臼田亜浪《うすだあろう》

炎天をいただいて乞ひ歩く　種田山頭火《たねださんとうか》

空蝉《うつせみ》にかき附《つ》かれたる寂しさよ　永田耕衣《ながたこうい》

波にのり波にのり鵜《う》のさびしさは　山口誓子《やまぐちせいし》

蟇《ひき》歩くさみしきときはさみしと言へ　大野林火《おおのりんか》

夏帯をくけてまぎらす涙なり　稲垣《いながき》きくの

浴衣《ゆかた》のまま行方知れずとなるもよし　鈴木真砂女《すずきまさじょ》

裏返るさびしさ海月《くらげ》くり返す　能村登四郎《のむらとしろう》

ふところに乳房ある憂《う》さ梅雨ながき　桂信子《かつらのぶこ》

女ざかりといふ語かなしや油《あぶら》照《で》り　桂信子

髪洗ふ遂に子のなき固乳房　品川鈴子《しながわすずこ》

すずしさのいづこに坐りても一人　藺草慶子《いぐさけいこ》

秋

物いへば唇寒し秋の風　芭蕉《ばしょう》

身にしむやなき妻のくしを閨《ねや》に踏《ふむ》　蕪村《ぶそん》

わが影の壁にしむ夜やきりぎりす　蓼太《りょうた》

淋しさにつけて飯くふ宵《よい》の秋　成美《せいび》

妻持たぬ我と定めぬ秋の暮　松根東洋城《まつねとうようじょう》

一人湯に行けば一人や秋の暮　岡本松濱《おかもとしょうひん》

この旅、果《はて》もない旅のつくつくぼうし　種田山頭火《たねだ さんとうか》

こんなよい月を一人で見て寝る　尾崎放哉《おざき ほうさい》

淋しさにまた銅鑼《どら》打つや鹿火屋守《かびやもり》　原石鼎《はら せきてい》

かたまりて咲きて桔梗《ききょう》の淋しさよ　久保田万太郎《くぼた まんたろう》

掌《て》の木《こ》の實《み》ひとに孤獨をのぞかるゝ　橋本多佳子《はしもと たかこ》

百方に借《かり》あるごとし秋の暮　石塚友二《いしづか ともじ》

身のなかに種ある憂さや鶏頭花《けいとうか》　中村苑子《なかむら そのこ》

雁《かり》なくや夜ごとつめたき膝《ひざ》がしら　桂信子《かつらのぶこ》

渡り鳥みるみるわれの小《ち》さくなり　上田五千石《うえだごせんごく》

父ほどの男に逢はず漆《うるし》の実《み》　遠山陽子《とおやまようこ》

冬

淋しさの底ぬけて降るみぞれかな　丈草《じょうそう》

北しぐれ馬も故郷へ向《むい》て嘶《な》く　一茶《いっさ》

うら壁やしがみ付《つき》たる貧乏雪　一茶

うしろすがたのしぐれてゆくか　　種田山頭火《たねださんとうか》

鉄鉢《てっぱつ》の中へも霰《あられ》　　種田山頭火

かなしさはひともしごろの雪山家《ゆきやまが》　　原石鼎《はらせきてい》

孤《ひと》り棲《す》む埋火《うづみび》の美のきはまれり　　竹下《たけした》しづの女《じょ》

足袋《たび》つぐやノラともならず教師妻　　杉田久女《すぎたひさじょ》

咳《せき》をしても一人　　尾崎放哉《おざきほうさい》

赤貧《せきひん》にたへて髪梳《す》く霜夜《しもよ》かな　　飯田蛇笏《いいだだこつ》

冬ざれやものを言ひしは籠《かご》の鳥　高橋淡路女《たかはしあわじじょ》

学問のさびしさに堪《た》へ炭をつぐ　山口誓子《やまぐちせいし》

鴨群るるさみしき鴨をまた加へ　大野林火《おおのりんか》

耳鳴りがするほど寂し雪の底　眞鍋呉夫《まなべくれお》

父母の亡き裏口開《あ》いて枯木山　飯田龍太《いいだりゅうた》

ふたり四人そしてひとりの葱刻《ねぎきざ》む　西村和子《にしむらかずこ》

新年

やぶ入《いり》や親なき里の春の雨　李由《りゆう》

年酒酌み生国《しょうごく》遠き漢《おとこ》たち　中村苑子《なかむらそのこ》

成人の日の華《はな》やぎにゐて孤《ひと》り　楠本憲吉《くすもとけんきち》

無季

分け入《い》つても分け入つても青い山　種田山頭火《たねださんとうか》

どうしようもないわたしが歩いてゐる　種田山頭火

淋しいぞ一人五本のゆびを開いて見る　尾崎放哉《おざきほうさい》

黄泉《よみ》に来てまだ髪梳《す》くは寂しけれ　中村苑子《なかむらそのこ》

『悲嘆・怒り』

春

もの縫《ぬ》へる娘遍路《へんろ》や夜の船　丈草《じょうそう》

闘鶏《とうけい》の眼つむれて飼はれけり　村上鬼城《むらかみきじょう》

春雪に子の死あひつぐ朝の燭《しょく》　飯田蛇笏《いいだだこつ》

白梅や天没《ぼつ》地没虚空《こくう》没　永田耕衣《ながたこうい》

物言はず瓦礫《がれき》と化せし雛《ひな》あらむ　文挾《ふばさみ》夫佐恵《ふさえ》

さくら咲け瓦礫の底の死者のため　矢島《やじま》渚男《なぎさお》

車にも仰臥《ぎようが》という死春の月　高野《たかの》ムツオ

鬼哭《きこく》とは人が泣くこと夜の梅　高野ムツオ

双子《ふたご》なら同じ死顔桃の花　照井《てるい》翠《みどり》

夏

おもふ事だまつて居るか蟇《ひきがえる》　曲翠《きよくすい》

古郷《ふるさと》やよるも障《さわる》も茨《ばら》の花

一茶《いつさ》

金魚手向《たむ》けん肉屋の鉤《かぎ》に彼奴《きやつ》を吊り

中村草田男《なかむらくさたお》

梯子《はしご》にゐる屍《かばね》もあり雲の峰

原民喜《はらたみき》

何をもつて悪女と言ふや火取虫《ひとりむし》

鈴木真砂女《すずきまさじょ》

六月の女すわれる荒筵《あらむしろ》

石田波郷《いしだはきよう》

炎天の一片の紙人間《ひと》の上に

文挾夫佐恵《ふばさみふさえ》

水脈《みお》の果て炎天の墓碑《ぼひ》を置きて去る

金子兜太《かねことうた》

戦死すべて犬死なりき草茂る　長谷川櫂《はせがわかい》

秋

戦死報秋の日くれてきたりけり　飯田蛇笏《いいだだこつ》

子のたまをむかへて山河《さんが》秋の風　飯田蛇笏

かそけくも咽喉《のど》鳴る妹よ鳳仙花《ほうせんか》　富田木歩《とみたもっぽ》

独房に林檎《りんご》と寝たる誕生日　秋元不死男《あきもとふじお》

秋の夜《よ》の憤《いきどお》ろしき何々ぞ　石田波郷

月を背に遺骨なき兄黙《もく》し佇《た》つ　眞鍋呉夫《まなべくれお》

あやまちはくりかへします秋の暮　三橋敏雄《みつはしとしお》

白萩《しらはぎ》や妻子自害の墓碑ばかり　宮坂静生《みやさかしずお》

潔《いさぎよ》き者から死ねり生身魂《いきみたま》　長谷川櫂《はせがわかい》

冬

冬蜂の死にどころなく歩きけり　村上鬼城《むらかみきじょう》

除夜の畳拭《ふ》くやいのちのしみばかり　渡辺水巴《わたなべすいは》

傷兵《しょうへい》にヒマラヤ杉の天さむざむ　横山白虹《よこやまはくこう》

寒《さむ》や母地のアセチレン風に歔《な》き　秋元不死男《あきもとふじお》

燗《かん》熱し獄を罵《ののし》る口ひらく　秋元不死男

悲しさの極《きわ》みに誰《たれ》か枯木折る　山口誓子《やまぐちせいし》

冬濤《ふゆなみ》に捨つべき命かもしれず　稲垣《いながき》きくの

雪の上にうつぶす敵屍《てきし》銅貨散り　長谷川素逝《はせがわそせい》

寒卵《かんたまご》ひところがりに戦争へ　藺草慶子《いぐさけいこ》

無季

拭《ぬぐ》いても拭いても死にゆく妻の足うらの魚の目　栗林一石路《くりばやしいっせきろ》

広島や卵食ふ時口ひらく　西東三鬼《さいとうさんき》

玉音《ぎよくおん》を理解せし者前に出よ　渡辺白泉《わたなべはくせん》

戦争が廊下の奥に立つてゐた　渡辺白泉

彎曲《わんきよく》し火傷《かしよう》し爆心地のマラソン　金子兜太《かねことうた》

遺品あり岩波文庫「阿部一族」　鈴木六林男《すずきむりお》

鐵帽《てつぼう》に軍靴《ぐんか》をはけりどの骨も
井戸は母うつばりは父みな名無し
前へススメ前へススミテ還《かえ》ラザル

眞鍋呉夫《まなべくれお》
三橋敏雄《みつはしとしお》
池田澄子《いけだすみこ》

第三章　【生命の燃焼】

『愛・恋愛』

春

紅梅や見ぬ恋作る玉すだれ　芭蕉《ばしょう》

妹が垣根さみせん草《ぐさ》の花咲《さき》ぬ　蕪村《ぶそん》

吾妹子《わぎもこ》を夢みる春の夜となりぬ　夏目漱石《なつめそうせき》

春雨《はるさめ》の衣桁《いこう》に重し恋衣　高浜虚子《たかはまきよし》

夕さくら恋はほのかにありぬべし　竹久夢二《たけひさゆめじ》

人妻となりける君におぼろ月

鞦韆《しゅうせん》は漕《こ》ぐべし愛は奪ふべし

踏青《とうせい》やこころまどへる恋二つ

沈丁《じんちょう》や夜でなければ逢へぬひと

すみれ野に罪あるごとく来て二人

われは恋ひきみは晩霞《ばんか》を告げわたる

恋の文けふ薄きこと花の雨

竹久夢二

三橋鷹女《みつはしたかじょ》

日野草城《ひのそうじょう》

五所平之助《ごしょへいのすけ》

鈴木真砂女《すずきまさじょ》

渡辺白泉《わたなべはくせん》

井上雪《いのうえゆき》

夕桜あなた御身《おんみ》を大切に　池田澄子《いけだすみこ》

老いらくの恋のあはれや夜桜能　鈴木貞雄《すずきさだお》

会ひたくて逢ひたくて踏む薄氷《うすごおり》　黛《まゆずみ》まどか

夏

我恋や口もすはれぬ青鬼灯《あおほおずき》　嵐雪《らんせつ》

明け易《やす》き夜を初恋のもどかしき　正岡子規《まさおかしき》

色の恋の死ぬのいきるの杜若《かきつばた》　竹久夢二《たけひさゆめじ》

この恋よおもひきるべきさくらんぼ　久保田万太郎《くぼたまんたろう》

走馬灯《そうまとう》こゝろに人を待つ夜かな　高橋淡路女《たかはしあわじじょ》

氷菓《ひょうか》互ひに中年の恋ほろにがき　秋元不死男《あきもとふじお》

羅《うすもの》や人悲しますます恋をして　鈴木真砂女《すずきまさじょ》

さよならと梅雨の車窓に指で書く　長谷川素逝《はせがわそせい》

花《はな》合歓《ねむ》のいつわが胸に君眠る　野見山朱鳥《のみやまあすか》

愛痛きまで雷鳴の蒼樹《そうじゅ》なり　佐藤鬼房《さとうおにふさ》

抱かれて痛き夏野となりにけり　津沢《つざわ》マサ子

単帯《ひとえおび》鳴かせ他人でなくなりぬ　加藤郁乎《かとういくや》

本当は逢いたし拝復蟬しぐれ　池田澄子《いけだすみこ》

逢ひたくて蛍袋《ほたるぶくろ》に灯をともす　岩淵喜代子《いわぶちきよこ》

体じゅう言葉がめぐる花火の夜　大高翔《おおたかしょう》

秋

いなづまやどの傾城《けいせい》と仮枕《かりまくら》　去来《きょらい》

初恋や燈籠《とうろ》によする顔と顔　太祇《たいぎ》

月に来よと只《ただ》さりげなく書き送る　正岡子規《まさおかしき》

呪《のろ》ふ人は好きな人なり紅芙蓉《べにふよう》　長谷川《はせがわ》かな女《じょ》

薄紅葉《うすもみじ》恋人ならば烏帽子《えぼうし》で来《こ》　三橋鷹女《みつはしたかじょ》

別れきし荒き息もて萩《はぎ》を折る　桂信子《かつらのぶこ》

秘してこそ永久《とわ》の純愛鳥渡る　佐藤鬼房《さとうおにふさ》

窓に銀河妻ならぬ人おもひ寝る　上村占魚《うえむらせんぎょ》

野にて裂く封書一片曼珠沙華《まんじゆしやげ》　鷲谷七菜子《わしたにななこ》

人の手がしづかに肩へ秋日和《あきびより》　鷲谷七菜子

等身《とうしん》の秋草を過ぎ逢曳《あひびき》す　鷹羽狩行《たかはしゆぎよう》

盆過ぎの粗《あら》き雨打つ別れかな　鍵和田秞子《かぎわだゆうこ》

胸に棲《す》む人と酌む酒十三夜　山田弘子《やまだひろこ》

筒井筒《つついづつ》ともに十八風の盆　鈴木貞雄《すずきさだお》

わが恋は芒《すすき》のほかに告げざりし　恩田侑布子《おんだゆうこ》

冬

老が恋忘れんとすればしぐれかな　蕪村《ぶそん》

逢はぬ恋おもひ切る夜やふぐと汁　蕪村

思ふ人の側へ割込む炬燵《こたつ》哉《かな》　一茶《いっさ》

ゆきふるといひしばかりの人しづか　室生犀星《むろうさいせい》

わが胸にすむ人ひとり冬の梅　久保田万太郎《くぼたまんたろう》

枯野路《かれのじ》に影かさなりて別れけり　杉田久女《すぎたひさじょ》

埋火《うずみび》の仄《ほのか》に赤しわが心　芥川龍之介《あくたがわりゅうのすけ》

雪はげし抱かれて息のつまりしこと　橋本多佳子《はしもとたかこ》

冬ざれのくちびるを吸ふ別れかな　日野草城《ひのそうじょう》

雪女郎《ゆきじょろう》おそろし父の恋恐ろし　中村草田男《なかむらくさたお》

この枯れに胸の火放ちなば燃えむ　稲垣《いながき》きくの

ひとひとりこころにありて除夜を過ぐ　桂信子《かつらのぶこ》

冬の薔薇《ばら》さだかならねど恋ならむ　成瀬櫻桃子《なるせおうとうし》

告げざる愛雪嶺《せつれい》はまた雪かさね

上田五千石《うえだごせんごく》

恋人も枯木も抱いて揺さぶりぬ

対馬康子《つしまやすこ》

新年

座を挙《あ》げて恋ほのめくや歌かるた

高浜虚子《たかはまきよし》

賀状うづたかしかのひとよりは来ず

桂信子

抱擁や初髪惜し気なくつぶす

品川鈴子《しながわすずこ》

無季

雨がふる恋をうちあけようと思ふ　片山桃史《かたやまとうし》

逢へばいま口中の棘疼《とげうず》き出す　中村苑子《なかむらそのこ》

赤電話ごと灼《や》け「私逢いたいの」　楠本憲吉《くすもとけんきち》

『夫恋・妻恋』

春

防人《さきもり》の妻恋ふ歌や磯菜《いそな》つむ　杉田久女《すぎたひさじょ》

けふよりの妻《め》と来て泊《は》つる宵の春　日野《ひの》草城《そうじよう》

枕辺《まくらべ》の春の灯《ともし》は妻《め》が消しぬ　日野草城

妻抱かな春昼《しゆんちゆう》の砂利《じやり》踏みて帰る　中村草田男《なかむらくさたお》

跳ぶ妻のどこ受けとめむ水草生《お》ふ　秋元不死男《あきもとふじお》

まだ起きてゐたし春夜《しゆんや》の夫《つま》のそば　山口波津女《やまぐちはつじよ》

春の夜のつめたき掌《て》なりかさねおく　長谷川素逝《はせがわそせい》

春日傘《はるひがさ》まはすてふこと妻になほ　加倉井秋を《かくらいあきお》

牡丹雪《ぼたんゆき》その夜の妻のにほふかな　石田波郷《いしだはきょう》

夫生きよともにくぐらん花吹雪　木田千女《きだせんじょ》

春の野に妻と居ることふしぎなり　今井杏太郎《いまいきょうたろう》

ひかり野へ君なら蝶に乗れるだろう　折笠美秋《おりかさびしゅう》

もう一度妻に恋せん桜餅　長谷川櫂《はせがわかい》

夏

すばらしい乳房だ蚊が居る　尾崎放哉《おざきほうさい》

夫恋へば吾に死ねよと青葉木菟《あおばずく》
橋本多佳子《はしもとたかこ》

薔薇《ばら》匂ふはじめての夜のしらみつつ
日野草城《ひのそうじよう》

虹に謝す妻よりほかに女知らず
中村草田男《なかむらくさたお》

玉菜《たまな》は巨花《きよか》と開きて妻は二十八
中村草田男

この夏を妻得て家にピアノ鳴る
松本《まつもと》たかし

青蜥蜴《あおとかげ》わが息しばしとめて見る
山口波津女《やまぐちはつじよ》

祭見にあひると亭主置いてゆく
文挟夫佐恵《ふばさみふさえ》

梅漬《つ》けてあかき妻の手夜は愛す　能村登四郎《のむらとしろう》

白玉《しらたま》や子のなき夫をひとり占《じ》め　岡本眸《おかもとひとみ》

金亀子《ぶんぶん》に裾《すそ》つかまれて少女妻　鷹羽狩行《たかはしゅぎょう》

妻呼ぶに今も愛称茄子《なす》の花　辻田克巳《つじたかつみ》

われを待つ日傘の妻よ鳩見つめ　小川軽舟《おがわけいしゅう》

秋

寝よといふ寝ざめの夫や小夜砧《さよぎぬた》　太祇《たいぎ》

つぶらなる汝《な》が眼《め》吻《す》はなん露の秋　飯田蛇笏《いいだだこつ》

月光にいのち死にゆくひとと寝る　橋本多佳子《はしもとたかこ》

月光に一つの椅子を置きかふる　橋本多佳子

妻二《ふ》タ夜《よ》あらず二タ夜の天の川　中村草田男《なかむらくさたお》

空は太初《たいしよ》の青さ妻より林檎《りんご》うく　中村草田男

妻の留守掛かれる妻の秋袷《あきあわせ》　山口誓子《やまぐちせいし》

妻遠き夜を大文字四方に燃ゆ　三谷《みたに》昭《あきら》

すててこもシャツも夫の香星月夜　木《き》田《だ》千女《せんじょ》

新米の礼状妻の名を連ね　山崎《やまざき》ひさを

妻と寝て銀漢《ぎんかん》の尾に父母います　鷹羽狩行《たかはしゅぎょう》

妻の手のやはらかすぎし台風過《たいふうか》　橋本榮治《はしもとえいじ》

秋刀魚《さんま》焼くいつしか君の妻となり　大高《おおたか》 翔《しょう》

冬

湯ざめして或夜《あるよ》の妻の美しく　鈴木花蓑《すずきはなみの》

蠣飯《かきめし》に灯《とも》して夫を待ちにけり
杉田久女《すぎたひさじょ》

獄《ごく》を出て触れし枯木と聖《きよ》き妻
秋元不死男《あきもとふじお》

ハッ手咲け若き妻ある愉《たの》しさに
中村草田男《なかむらくさたお》

前途永き妻に加護あれ降誕祭《こうたんさい》
中村草田男

病む夫にはげしき雪を見せんとす
山口波津女《やまぐちはつじょ》

妻いつもわれに幼し吹雪《ふぶ》く夜も
京極杞陽《きょうごくきょう》

妻恋へり裸木《はだかぎ》に星咲き出でて
石田波郷《いしだはきょう》

蒲団開《ふとんあ》け貝のごとくに妻を入れ　野見山朱鳥《のみやまあすか》

除夜の妻白鳥のごと湯浴《ゆあ》みをり　森澄雄《もりすみお》

夫憎《にく》し愛《いと》しと火桶《ひおけ》抱きにけり　木田千女《きだせんじょ》

落葉降るひかりの中を妻とゆけり　倉橋羊村《くらはしようそん》

熱燗《あつかん》の夫にも捨てし夢あらむ　西村和子《にしむらかずこ》

新年

ひめはじめ八重垣《やえがき》つくる深雪《みゆき》かな　増田龍雨《ますだりゅうう》

女房の威儀のをかしく謡初《うたいぞめ》
日《ひ》野《の》草城《そうじょう》

かるた読む妻には妻のふしありぬ
下村《しもむら》ひろし

船室にひとり初髪の幼な妻
福田《ふくだ》蓼汀《りょうてい》

妻の座の日向《ひなた》ありけり福寿草
石田《いしだ》波郷《はきょう》

姫はじめ闇美しといひにけり
矢島《やじま》渚男《なぎさお》

初夢に妻現れて消えにけり
茨木《いばらき》和生《かずお》

無季

やさしく抱かれ接吻《きす》する者の家に帰らん　萩原朔太郎《はぎわらさくたろう》

妻の留守妻の常着を眺めけり　日野草城《ひのそうじよう》

『艶・エロス』

春

灯《ひ》をともす指の間の春の闇　高浜虚子《たかはまきよし》

老妓《ろうぎ》ひとり春夜《しゆんや》の舞の足袋《たび》白し　渡辺水巴《わたなべすいは》

二十五の指のしめりや夕さくら　竹久夢二《たけひさゆめじ》

春の夜の乳ぶさもあかねさしにけり　室生犀星《むろうさいせい》

紅《う》梅《め》生けるをみなの膝《ひざ》のうつくしき　室生犀星

春の夜や帯巻きをへて枕上《まくらがみ》　杉田久女《すぎたひさじょ》

春の灯《ひ》や女は持たぬのどぼとけ　日野草城

春愁《しゅんしゅう》の双眉《そうび》かぼそくひかれける　日野草城

乳房やああ身をそらす春の虹　富澤赤黄男《とみざわかきお》

闇のなか髪ふり乱す雛《ひな》もあれ　桂信子《かつらのぶこ》

花冷《はなびえ》のちがふ乳房に逢ひにゆく　眞鍋呉夫《まなべくれお》

燕来る夜具のなかから乙女の香　飯田龍太《いいだりゅうた》

春愁《しゅんしゅう》や蛇となる髪解き放ち　寺井谷子《てらいたにこ》

夏

粽《ちまき》結《ゆ》ふかた手にはさむ額髪《ひたいがみ》　芭蕉《ばしょう》

夕顔や女子《おなご》の肌の見ゆる時　千代女《ちよじょ》

うつす手に光る蛍や指のまた
太祇《たいぎ》

川越えし女の脛《はぎ》に花藻《はなも》かな
几董《きとう》

色白や鬼灯《ほおずき》はさむ耳のたぶ
井上井月《いのうえせいげつ》

蛍くさき人の手をかぐ夕明り
室生犀星《むろうさいせい》

罌粟《けし》ひらく髪の先まで寂しきとき
橋本多佳子《はしもとたかこ》

光洩《も》るその手の蛍貰《もら》ひけり
中村汀女《なかむらていじょ》

湖畔亭《こはんてい》にヘヤピンこぼれ雷匂《らいにお》ふ
西東三鬼《さいとうさんき》

やはらかきものはくちびる五月闇《さつきやみ》
日野《ひの》草城《そうじょう》

雷に怯《おび》えて長き睫《まつげ》かな
日野草城

死なうかと囁《ささや》かれしは蛍の夜
鈴木《すずき》真砂女《まさじょ》

ゆるやかに着てひとと逢ふ蛍の夜
桂《かつら》信子《のぶこ》

秋

菊分けて水汲《く》む女脛《はぎ》白し
内藤《ないとう》鳴雪《めいせつ》

雄鹿《おじか》の前吾もあらあらしき息す
橋本《はしもと》多佳子《たかこ》

七夕や髪ぬれしまま人に逢ふ　橋本多佳子

中年や遠くみのれる夜の桃　西東三鬼《さいとうさんき》

黒髪を梳《す》くや芙蓉《ふよう》の花の蔭《かげ》　日野草城

木犀《もくせい》を持てば女身の香が移る　山口誓子《やまぐちせいし》

赤い月人間しろき足そらす　富澤赤黄男《とみざわかきお》

翁《おきな》かの桃の遊びをせむと言ふ　中村苑子《なかむらそのこ》

桃林昏《く》れてあやしき身の火照《ほて》り　中村苑子

いなびかりひとと逢ひきし四肢《しし》てらす　桂信子《かつらのぶこ》

やはらかき身を月光の中に容《い》れ　桂信子

曼珠沙華《まんじゆしやげ》散るや赤きに耐へかねて　野見山朱鳥《のみやまあすか》

あきざくら咽喉《のど》に穴あく情死かな　宇多喜代子《うだきよこ》

冬

月あらば乳房にほはめ雪をんな　室積徂春《むろづみそしゆん》

雪しまきわが喪《も》の髪はみだれたり　橋本多佳子《はしもとたかこ》

ヘヤピンを前歯でひらく雪降り出す　　西東三鬼《さいとうさんき》

鰭酒《ひれざけ》に酔ひし化粧をなほしけり　　赤松柳史《あかまつりゅうし》

白々《しらじら》と女沈める柚子湯《ゆずゆ》かな　　日野草城《ひのそうじょう》

のぼせたる頬《ほお》美しや置炬燵《おきごたつ》　　日野草城

膝《ひざ》立て丶足袋《たび》はく妹《いも》のはぎ細し　　暉峻康隆《てるおかやすたか》

うしろ手に閉めし障子《しょうじ》の内と外　　中村苑子《なかむらそのこ》

窓の雪女体《にょたい》にて湯をあふれしむ　　桂信子

雪夜にてことばより肌やはらかし　森澄雄《もりすみお》

スケートの濡《ぬ》れ刃《ば》携《たずさ》へ人妻よ　鷹羽狩行《たかはしゅぎょう》

牡蠣《かき》といふなまめくものを啜《すす》りけり　上田五千石《うえだごせんごく》

春隣《はるとなり》病めるときにも爪染めて　黛まどか《まゆずみ》

新年

初髪のふせてなまめく目もとみよ　久保田万太郎《くぼたまんたろう》

足袋底《たびぞこ》のうすき汚れや松の内　三橋鷹女《みつはしたかじょ》

無季

谷に鯉《こい》もみ合う夜の歓喜かな

金子兜太《かねことうた》

第四章　【死生観】

『老境』

春

さまざまの事おもひ出す桜哉《かな》　芭蕉《ばしょう》

衰ひや歯に喰ひあてし海苔《のり》の砂　芭蕉

桜咲きさくら散りつゝ我老いぬ　闌更《らんこう》

ちる花や已《すで》におのれも下り坂　一茶《いっさ》

花さくや欲のうき世の片隅《かたすみ》に　一茶

眼つむれば若き我あり春の宵《よい》　高浜虚子《たかはまきょし》

老いながら椿となつて踊りけり　三橋鷹女《みつはしたかじょ》

みんな夢雪割草《ゆきわりそう》が咲いたのね　三橋鷹女

戒名《かいみょう》は真砂女《まさじょ》でよろし紫木蓮《しもくれん》　鈴木真砂女《すずきまさじょ》

突然死望むところよ土筆野《つくしの》に　鈴木真砂女

余命とは暮春に似たり遠眼鏡《とおめがね》　中村苑子《なかむらそのこ》

わが墓を止り木とせよ春の鳥　中村苑子

紅梅《こうばい》やすさまじき老《おい》手鏡に　田川飛旅子《たがわひりょし》

今死ねば浄土に花の散り敷《し》かむ　桂信子《かつらのぶこ》

わが死後のひひな思へり納めけり　西嶋《にしじま》あさ子《こ》

夏

一竿《ひとさお》は死装束《しにしょうぞく》や土用ぼし　許六《きょりく》

生かなし晩涼《ばんりょう》に坐し居眠れる　高浜虚子《たかはまきょし》

一生の疲れのどつと籐椅子《とういす》に　富安風生《とみやすふうせい》

平凡の長寿願はずまむし酒　杉田久女《すぎたひさじょ》

端居《はしい》して濁世《じょくせ》なかなかおもしろや　阿波野青畝《あわのせいほ》

雨蛙《あまがえる》めんどうくさき余生かな　永田耕衣《ながたこうい》

老いしことありありと着る白絣《しろがすり》　大野林火《おおのりんか》

夏帯や泣かぬ女となりて老ゆ　鈴木真砂女《すずきまさじょ》

生きてゐてがらんどうなり炎天下　中村苑子《なかむらそのこ》

桐《きり》咲くやあっと云う間の晩年なり　田川飛旅子

晩年や夜空より散るさるすべり　鍵和田秞子《かぎわだゆうこ》

粽《ちまき》結《ゆ》う死後の長さを思いつつ　宇多喜代子《うだきよこ》

じゃんけんで負けて蛍に生まれたの　池田澄子《いけだすみこ》

逝《ゆ》くときは祭囃子《まつりばやし》をききながら　奥名春江《おくなはるえ》

香水をしのびよる死の如《ごと》くつけ　恩田侑布子《おんだゆうこ》

秋

此秋《このあき》は何《なん》で年よる雲に鳥　芭蕉《ばしょう》

もの一我《ひとつ》がよはかろきひさご哉　芭蕉

がつくりと抜け初《そ》むる歯や秋の風　杉風《さんぷう》

木枕にしら髪《かみ》なづむ夜寒《よさむ》かな　星布《せいふ》

白露《しらつゆ》や死んでゆく日も帯締めて　三橋鷹女《みつはしたかじょ》

夢みて老いて色塗れば野菊である　永田耕衣《ながたこうい》

煩悩《ぼんのう》はつきず南瓜《かぼちゃ》を兩斷《りょうだん》す　赤松柳史《あかまつりゅうし》

曼珠沙華《まんじゅしゃげ》乱心に似し老いごころ　文挾夫佐恵《ふばさみふさえ》

老い払ひ死を払ひして踊りの手　文挾夫佐恵《ふばさみふさえ》

白桃《はくとう》や死よりも死後がおそろしき　八田木枯《はったこがらし》

余生とは死ぬまでのことちちろ鳴く　高橋悦男《たかはしえつお》

あつけなく死ぬ年寄りに蕎麦《そば》の花　宇多喜代子《うだきよこ》

ゆるやかに生きよと法師蟬《ほうしぜみ》の声　遠藤若狭男《えんどうわかさお》

吊し柿こんな終りもあるかしら　恩田侑布子《おんだゆうこ》

死ぬときは箸《はし》置くやうに草の花　小川軽舟《おがわけいしゅう》

冬

世中《よのなか》に老の来る日や初しぐれ　許六《きよりく》

寒空のどこでとしよる旅乞食《たびこじき》　一茶《いっさ》

鷹《たか》のつらきびしく老いて哀れなり　村上鬼城《むらかみきじょう》

うとうとと生死《しょうじ》の外《ほか》や日向《ひなた》ぼこ　村上鬼城

着ぶくれて浮世の義理に出かけけり　富安風生《とみやすふうせい》

鮟鱇《あんこう》もわが身の業《ごう》も煮ゆるかな　久保田万太郎《くぼたまんたろう》

余生なほなすことあらむ冬苺《ふゆいちご》
水原秋桜子《みずはらしゅうおうし》

大寒《だいかん》や転びて諸手《もろて》つく悲しさ
西東三鬼《さいとうさんき》

雪女郎《ゆきじょろう》胸の火残るうちに来《こ》よ
清水基吉《しみずもとよし》

死神に覗《のぞ》かれてゐて日向《ひなた》ぼこ
木田千女《きだせんじょ》

疾風怒濤《しっぷうどとう》の晩年もよし冬欅《ふゆけやき》
倉橋羊村《くらはしようそん》

ちゃんちゃんこなどは一生着るものか
山田弘子《やまだひろこ》

船のやうに年逝《ゆ》く人をこぼしつつ
矢島渚男《やじまなぎさお》

逝くときも空に舞ふ鷹《たか》見たきかな　大串　章《おおぐしあきら》

死ぬ暇もなうてと笑ひ薬喰《くすりぐい》　茨木和生《いばらきかずお》

新年

風雅《ふうが》とは大きな言葉老の春　高浜虚子《たかはまきよし》

生くることやうやく楽し老の春　富安風生《とみやすふうせい》

女人《によにん》の香亦《また》めでたしや老の春　飯田蛇笏《いいだだこつ》

胸の火の消えざるかぎり老の春　阿波野青畝《あわのせいほ》

長生きも意地の一つか初鏡　鈴木《すずき》真砂女《まさじょ》

賀状みな命惜《おし》めと諭《さと》しをり　岡本《おかもと》眸《ひとみ》

初湯してなぞるてのひら生命線　樽谷《たるたに》青濤《せいとう》

『長寿』

春

古稀《こき》といふ春風にをる齢かな　富安《とみやす》風生《ふうせい》

（※傘寿祝いの吟）
面白くて傘をさすならげんげん野　長谷川《はせがわ》かな女《じょ》

応といふまに吾米寿《われべいじゆ》初蝶来《く》
阿波野青畝《あわのせいほ》

満齢古稀さくらのもとにけふ一日
大野林火《おおのりんか》

チューリップわたしが八十なんて嘘《うそ》
木田千女《きだせんじょ》

傘寿《さんじゅ》たり雨の落花を踏むことも
鍵和田秞子《かぎわだゆうこ》

花の雲百まで生きてみませうか
奥名春江《おくなはるえ》

夏

夏萩《なつはぎ》や六十一の涼しくて
渡辺水巴《わたなべすいは》

余花の雨八十路《やそじ》の老のかんばせに　富安風生《とみやすふうせい》

天寿《てんじゅ》とは昼寝の覚めぬ御姿《おんすがた》　阿波野青畝《あわのせいほ》

卯の花や白寿《はくじゅ》の我の九十九髪《つくもがみ》　文挾夫佐恵《ふばさみふさえ》

さくらんぼ八十八のてのひらに　山崎《やまざき》ひさを

七十路《ななそじ》や遠松原の夏霞《なつがすみ》　鍵和田秞子《かぎわだゆうこ》

八十の大志いだきて炎天へ　山田春生《やまだはるお》

秋

敬老の日のわが周囲みな老ゆる　山口青邨《やまぐちせいそん》

年寄の日と関はらずわが昼寝　石塚友二《いしづかともじ》

敬老日の腰紐《こしひも》しかと結びけり　鈴木真砂女《すずきまさじょ》

長寿とは何程《なにほど》のこと秋寂《さ》ぶや　文挾夫佐恵

新酒酌み八十路まだまだ生き足らぬ　木田千女《きだせんじょ》

菊白し安らかな死は長寿のみ　飯田龍太《いいだりゅうた》

石橋に秋の冷えある八十路かな　鍵和田秞子

冬

狐火《きつねび》を詠む卒翁《そつおう》でございかな　阿波野青畝《あわのせいほ》

永らへて湯豆腐とはよくつきあへり　清水基吉《しみずもとよし》

ここに来てわが人生の小春かな　深見《ふかみ》けん二《じ》

生かされて今あふ幸や石蕗《つわ》の花　瀬戸内寂聴《せとうちじゃくちょう》

喜寿《きじゅ》のこととんと忘れて毛皮買ふ　木田千女《きだせんじょ》

息白し八十一と呟《つぶや》きて　山崎《やまざき》ひさを

冬晴れへ手を出し足も七十歳　坪内稔典《つぼうちねんてん》

新年

居直りて九十齢の屠蘇《とそ》を祝《ほ》ぐ　富安風生《とみやすふうせい》

八十路半ば胸の奥まで初明り　水原秋桜子《みずはらしゅうおうし》

初湯殿《はつゆどの》卒寿のふぐり伸ばしけり　阿波野青畝

九十年生きし春着の裾捌《すそさば》き　鈴木真砂女《すずきまさじょ》

百歳てふ未踏《みとう》の域や年明くる　文挟夫佐恵《ふばさみふさえ》

年立つて耳順《じじゅん》ぞ何に殉《じゅん》ずべき　佐藤鬼房《さとうおにふさ》

獅子舞に喜寿《きじゅ》の結《ゆ》ひ髪《がみ》噛《か》ませけり　松本澄江《まつもとすみえ》

屠蘇祝ふ古稀には古稀の志　清崎敏郎《きよさきとしお》

初比叡《はつひえい》八十代こそ輝かん　木田千女《きだせんじょ》

『病』

春

花咲いて死《しに》とむないが病かな　来山《らいざん》

腸《はらわた》に春滴《したた》るや粥《かゆ》の味　夏目漱石《なつめそうせき》

病者《びょうしゃ》の手窓より出《い》でて春日受く　西東三鬼《さいとうさんき》

人遠く春三日月と死が近し　西東三鬼

かく痩《や》せて脛《すね》おもしろや春の雷　秋元不死男《あきもとふじお》

春月《しゅんげつ》の病めるが如く黄なるかな　松本《まつもと》たかし

古傷がおのれ苛《さいな》む木《こ》の芽《め》どき　稲垣《いながき》きくの

病む肩に羽織のすべる春火桶《はるひおけ》　鷲谷七菜子《わしたにななこ》

セーノヨイショ春のシーツの上にかな　川崎展宏《かわさきてんこう》

看護婦の見せてくれたる春の雪　綾部仁喜《あやべじんき》

癌告知され闘志満つ春の虹　江國滋《えくにしげる》

春暁《しゅんぎょう》や足で涙のぬぐえざる　折笠美秋《おりかさびしゅう》

夏

眼を病んで灯《ひ》ともさぬ夜や五月雨《さつきあめ》　夏目漱石《なつめそうせき》

蝸牛《でデむし》の頭もたげしにも似たり　正岡子規《まさおかしき》

病人に夾竹桃《きょうちくとう》の赤きこと　高浜虚子《たかはまきょし》

病人を負うて一里や閑古鳥《かんこどり》　中村汀女《なかむらていじょ》

芥子《けし》咲けばまぬがれがたく病みにけり　松本《まつもと》たかし

手術着に聖女のごとし聖五月　鈴木真砂女《すずきまさじょ》

病み呆《ほ》けて泣けば卯《う》の花腐《はなくだ》しかな　石橋秀野《いしばしひでの》

短夜《みじかよ》の看《み》とり給ふも縁《えにし》かな　石橋秀野

病床《びょうしょう》に鉛筆失《う》せぬ夏の暮　石田波郷《いしだはきょう》

七夕竹《たなばただけ》惜命《しやくみよう》の文字隠れなし　石田波郷《いしだはきよう》

病みがちの晩年なりき富貴草《ふうきそう》　山崎《やまざき》ひさを

妻癒《い》えてメロンの舟に匙《さじ》の櫂《かい》　本宮鼎三《もとみやていぞう》

秋

病雁《びようがん》の夜《よ》さむに落《おち》て旅ね哉《かな》　芭蕉《ばしよう》

病妻《びようさい》の閨《ねや》に灯ともし暮る秋　夏目漱石《なつめそうせき》

生きて仰ぐ空の高さよ赤蜻蛉《あかとんぼ》　夏目漱石

鶏頭《けいとう》の十四五本もありぬべし　正岡子規《まさおかしき》

病み痩《や》せて帯の重さよ秋袷《あきあわせ》　杉田久女《すぎたひさじょ》

粥《かゆ》すゝる匙《さじ》の重さやちゝろ虫　杉田久女

我が肩に蜘蛛《くも》の糸張る秋の暮　富田木歩《とみたもっぽ》

たばしるや鵙叫喚《もずきょうかん》す胸形変《きょうぎょうへん》　石田波郷

なほ続く病床流転《るてん》天の川　野見山朱鳥《のみやまあすか》

病室の窓黄落《こうらく》の百号よ　辻田克巳《つじたかつみ》

一病のあとや鈴虫野へ返す　井上雪《いのうえゆき》

おい癌め酌みかはさうぜ秋の酒　江國滋《えくにしげる》

冬

うづくまる薬の下《もと》の寒さ哉　丈草《じようそう》

いくたびも雪の深さを尋《たず》ねけり　正岡子規《まさおかしき》

死病得て爪うつくしき火桶《ひおけ》かな　飯田蛇笏《いいだだこつ》

咳《せ》き込めば我火の玉のごとくなり　川端茅舎《かわばたぼうしや》

約束の寒《かん》の土筆《つくし》を煮て下さい　川端茅舎

水枕ガバリと寒い海がある　西東三鬼《さいとうさんき》

高熱の鶴青空に漂《ただよ》へり　日野草城《ひのそうじょう》

竹馬の影近づきし障子《しょうじ》かな　松本《まつもと》たかし

いくたび病《や》みいくたび癒《い》えき実《み》千両《せんりょう》　石田波郷《いしだはきょう》

雪はしづかにゆたかにはやし屍室《かばねしつ》　石田波郷

一枚の落葉となりて昏睡《こんすい》す　野見山朱鳥《のみやまあすか》

美しき布団《ふとん》に病みて死ぬ気なく　森田愛子《もりたあいこ》

新年

長病《ながやみ》の今年も参る雑煮かな　正岡子規《まさおかしき》

繭玉《まゆだま》に寝《いね》がての腕あげにけり　芝不器男《しばふきお》

昼の酒許されてをり女正月《めしようがつ》　清水基吉《しみずもとよし》

本復《ほんぷく》の体に年酒なみうてり　上村占魚《うえむらせんぎよ》

『無常・悟り』

春

道のべに阿波《あわ》の遍路《へんろ》の墓あはれ　高浜虚子《たかはまきよし》

散骨や共に鱵《さより》を釣りし海　山崎《やまざき》ひさを

勿忘草《わすれなぐさ》わかものゝ墓標ばかりなり　石田波郷《いしだはきよう》

春落葉いづれは帰る天の奥　野見山朱夏《のみやまあすか》

花ふぶき生死《しようじ》のはては知らざりき　石牟礼道子《いしむれみちこ》

生誕《せいたん》も死も花冷えの寝間《ねま》ひとつ　福田甲子雄《ふくだきねお》

天上も天下も冥《くら》し甘茶仏《あまちゃぶつ》　鍵和田秞子《かぎわだゆうこ》

永劫《えいごう》の時死後にあり名残雪　矢島渚男《やじまなぎさお》

さくら咲く生者《しょうじゃ》は死者に忘れられ　西村和子《にしむらかずこ》

夏

夏草や兵《つはもの》どもが夢の跡　芭蕉《ばしょう》

頓《やが》て死ぬけしきは見えず蟬の声　芭蕉

蛸壺《たこつぼ》やはかなき夢を夏の月　芭蕉

手に置けば空蟬《うつせみ》風にとびにけり　高浜虚子《たかはまきよし》

うまれた家はあとかたもないほうたる　種田山頭火《たねださんとうか》

朴散華《ほほさんげ》即《すなわ》ちしれぬ行方《ゆくえ》かな　川端茅舎《かわばたぼうしゃ》

草いきれ人死に居ると札《ふだ》の立つ　蕪村《ぶそん》

死んだから自由にしてと黒揚羽《くろあげは》　鳴戸奈菜《なるとなな》

一瞬にしてみな遺品雲の峰　櫂未知子《かいみちこ》

秋

むざんやな甲《かぶと》の下のきりぎりす　芭蕉《ばしょう》

木つつきの死ねとてたたく柱かな　一茶《いっさ》

秋風や屠《ほふ》られに行く牛の尻　夏目漱石《なつめそうせき》

啼きながら蟻にひかるゝ秋の蝉　正岡子規《まさおかしき》

ここを墓場とし曼珠沙華《まんじゆしやげ》燃ゆる　種田山頭火《たねださんとうか》

流燈《りゆうとう》や一つにはかにさかのぼる　飯田蛇笏《いいだだこつ》

秋の暮大魚の骨を海が引く　西東三鬼《さいとうさんき》

死は隣末枯草《うらがれ》に靴うづめ　石田波郷《いしだはきょう》

億年のなかの今生《こんじょう》実南天《みなんてん》　森澄雄《もりすみお》

冬

大寒《だいかん》の埃《ほこり》の如く人死ぬる　高浜虚子《たかはまきょし》

日向《ひなた》ぼこ呼ばれて去ればそれきりに　中村汀女《なかむらていじょ》

夢の世に葱《ねぎ》を作りて寂しさよ　永田耕衣《ながたこうい》

冬すでに路標にまがふ墓一基　中村草田男《なかむらくさたお》

岩に落葉表裏生死《ひょうりしょうじ》のごとくあり　福田蓼汀《ふくだりょうてい》

生も死も渺茫《びょうぼう》たるや冬がすみ　中村苑子《なかむらそのこ》

生前も死後もつめたき箒《ほうき》の柄《え》　飯田龍太《いいだりゅうた》

生ぜしも死するもひとり柚子湯《ゆずゆ》かな　瀬戸内寂聴《せとうちじゃくちょう》

死をもつて消息わかる寒の星　能村研三《のむらけんぞう》

無季

骸骨《がいこつ》やこれも美人のなれの果《はて》

石に腰を、墓であつたか

祈るべき天とおもえど天の病む

夏目漱石《なつめそうせき》

種田山頭火《たねださんとうか》

石牟礼道子《いしむれみちこ》

第五章【追悼・鎮魂】

春

（※友人其角の追悼）
普化《ふか》（其角）去りぬ匂い残して花の雲　嵐雪《らんせつ》

（※兄嫁登世の追悼）
君逝きて浮世に花はなかりけり　夏目漱石《なつめそうせき》

（※若くして自裁した藤野古白の一周忌）
永き日を君あくびでもしてゐるか　高浜虚子《たかはまきょし》

（※井上正夫の追悼）
さがみ野の梅ヶ香黄泉《よみ》にかよひけり　久保田万太郎《くぼたまんたろう》

（※沢村宗十郎の追悼）

和事師《わごとし》の春寒顔《はるさむがお》のまことかな　久保田万太郎

ことごとく夫の遺筆《いひつ》や種子袋《たねぶくろ》　竹下《たけした》しづの女《じょ》

（※母逝きしあとの）

白梅に過ぎゆく七日七日かな　大場白水郎《おおばはくすいろう》

母の死や枝の先まで梅の花　永田耕衣《ながたこうい》

母の忌の目の中にほふ三葉芹《みつばぜり》　秋元不死男《あきもとふじお》

（※中村歌右衛門の追悼）

行く春を死でしめくくる人ひとり　能村登四郎《のむらとしろう》

（※野澤節子の追悼）
かの世へと君をつつみて花吹雪　桂信子《かつらのぶこ》

亡き人と見るべく花の筵《むしろ》かな　清水基吉《しみずもとよし》

（※飯田龍太氏帰天）
紅梅の深空へ谺《こだま》還《かえ》りゆく　眞鍋呉夫《まなべくれお》

三鬼忌《さんきき》のハイボール胃に鳴りて落つ　楠本憲吉《くすもとけんきち》

かたはらにその人の亡し花の句座　山崎《やまざき》ひさを

亡き人にゆかりの木彫雛飾る　山崎ひさを

霞草《かすみそう》亡き妻の亡きままに見え
宮津昭彦《みやつあきひこ》

還《かえ》らじの人指折りて花朧《おぼろ》
千原叡子《ちはらえいこ》

初蝶は立子《たつこ》なのだと皆思ふ
星野椿《ほしのつばき》

あの窓に父の魂魄《こんぱく》夕桜
有馬朗人《ありまあきと》

渦潮《うずしお》の底の浄土に母ゐます
品川鈴子《しながわすずこ》

夏

（※妹の追善に）
手のうへにかなしく消《きゆ》る蛍かな
去来《きょらい》

父ありて明《あけ》ぼの見たし青田原《あおたはら》

一茶《いっさ》

（※養祖母の追悼）

添竹も折れて地にふす瓜《うり》の花

正岡子規《まさおかしき》

（※愛弟子森田愛子の追悼）

虹の橋渡り遊ぶも意のまゝに

高浜虚子《たかはまきよし》

（※松本たかしの追悼）

牡丹《ぼうたん》の一弁落ちぬ俳諧史

高浜虚子

父のごとき夏雲立てり津山なり

西東三鬼《さいとうさんき》

父の忌にあやめの橋をわたりけり

永田耕衣《ながたこうい》

（※中村直子の霊前に捧ぐ）

めぐりあひやその虹七色《なないろ》七代《ななよ》まで　中村草田男《なかむらくさたお》

（※某月某日、別れし夫の訃を聞く）
死を悼むその夜の梅雨の紅拭《ぬぐ》ふ　鈴木真砂女《すずきまさじょ》

かくれ喪《も》にあやめは花を落《おと》しけり　鈴木真砂女

亡き母の石臼《いしうす》の音麦こがし　石田波郷《いしだはきょう》

詩の友の大方はなし遠花火　木下夕爾《きのしたゆうじ》

放哉《ほうさい》の句碑にかたばみ花貧し　加藤三七子《かとうみなこ》

妻亡しの花魁草《おいらんそう》に夕涼み　森澄雄《もりすみお》

たかし忌の白扇《はくせん》が打つ膝拍子《ひざびょうし》　鷲谷七菜子《わしたにななこ》

亡き人を偲ぶ新内流《しんないなが》しかな　山崎《やまざき》ひさを

漢籍を曝《さら》して父の在るごとし　上田五千石《うえだごせんごく》

芍薬《しゃくやく》の匂ひ橋本多佳子かも　宮坂静生《みやさかしずお》

（※金子兜太の追悼）
ほうたるも蝮《まむし》も兜太《とうた》さん惜しむ　黒田杏子《くろだももこ》

ほとけさまなれど母の日ちらし寿司　西嶋《にしじま》あさ子

病み抜いて母は蛍となりにけり　井上弘美《いのうえひろみ》

秋

（※門人松倉嵐蘭の追悼）
秋風に折《おれ》て悲しき桑《くわ》の杖《つえ》　芭蕉《ばしょう》

（※門人一笑の追悼）
塚も動け我泣声《わがなくこえ》は秋の風　芭蕉

（※愛児を亡くして八ヶ月後の吟）
此《こ》の秋は膝《ひざ》に子のない月見かな　鬼貫《おにつら》

（※師加舎白雄没後二七日の作）
秋風や白き卒塔婆《そとば》の夢に入る　星布《せいふ》

（※晩年五十六歳でようやく授かった長女さとを亡くした悲嘆）
露の世は露の世ながらさりながら　一茶《いっさ》

（※長女さとの三十五日墓参の折の吟）
秋風やむしりたがりし赤い花　一茶

（※漱石の意中の人であった大塚楠緒子の訃報に接して）
あるほどの菊抛《な》げ入れよ棺《かん》の中　夏目漱石《なつめそうせき》

（※ロンドンにて正岡子規の訃を聞きて）
手向《たむ》くべき線香もなくて暮の秋　夏目漱石

子規逝くや十七日の月明《げつめい》に

高浜虚子《たかはまきよし》

（※杉田久女の追悼）

思ひ出し悼む心や露滋《しげ》し

高浜虚子

（※下僕高光の老母の追悼）

死骸《なきがら》や秋風かよふ鼻の穴

飯田蛇笏《いいだだこつ》

（※畏友芥川龍之介の長逝を深悼して）

たましひのたとへば秋のほたるかな

飯田蛇笏

（※一人息子に先立たれて）

燈籠のよるべなき身のながれけり

久保田万太郎《くぼたまんたろう》

曼珠沙華《まんじゅしゃげ》抱くほどとれど母恋し　中村汀女《なかむらていじょ》

亡き友肩に手をのするごと秋日《しゅうじつ》ぬくし　中村草田男《なかむらくさたお》
（※親友伊丹万作の追悼）

秋風の挽歌《ばんか》聴くため父遺《のこ》さる　福田蓼汀《ふくだりょうてい》
（※遭難死した次男を悼み）

流燈《りゅうとう》のひとつに父と母の霊　山口波津女《やまぐちはつじょ》

木の実のごとき臍《へそ》もちき死なしめき　森澄雄《もりすみお》
（※アキ子夫人急逝の折の句）

（※折口信夫先生逝き給ふ）

歩をゆるめつゝ秋風の中にあり　清崎敏郎《きよさきとしお》

わが思ふ限り夫在《あ》り魂祭《たままつり》　西村和子《にしむらかずこ》

盆の路《みち》母の身幅《みはば》に刈られけり　能村研三《のむらけんぞう》

冬

（※芭蕉翁悼）

なき骸《がら》を笠に隠すや枯尾花《かれおばな》　其角《きかく》

（※次女の追悼）

霜の鶴土に蒲団《ふとん》も被《かぶ》されず　其角

なき父に似た声もあり鉢叩《はちたたき》　正岡子規《まさおかしき》

まつしぐら炉にとび込みし如くなり　高浜虚子《たかはまきょし》
（※長谷川素逝の追悼）

天地《あめつち》の間にほろと時雨かな　高浜虚子
（※鈴木花蓑の追悼）

父逝くや凍雲《いてぐも》闇にひそむ夜を　飯田蛇笏《いいだだこつ》

湯豆腐やいのちのはてのうすあかり　久保田万太郎《くぼたまんたろう》
（※晩年同棲していた相愛の女性に先立たれて詠んだ絶唱）

いまは亡き人とふたりや冬籠《ふゆごもり》　久保田万太郎

懐手《ふところで》して説くなかれ三島の死　阿波野青畝《あわのせいほ》

亡き夫顕《た》つごと焚火《たきび》あたたかし　橋本多佳子《はしもとたかこ》

（※川端茅舎の追悼）

金剛茅舎《ぼうしや》朴《ほほ》散れば今も可哀さう　中村草田男《なかむらくさたお》

（※後年、誓子は片道特攻隊として命を落とした兵士たちを悼む句であるとも述べている）

海に出て木枯《こがらし》帰るところなし　山口誓子《やまぐちせいし》

（※師横光利一の追悼）

すでにすでに冬日を鼻におん屍《かばね》　石塚友二《いしづかともじ》

（※日野草城の追悼）
風花《かざはな》や亡き師の言葉片々《へんぺん》と
桂信子《かつらのぶこ》

落葉踏む足音いづこにもあらず
飯田龍太《いいだりゅうた》

（※亡母を悼む作）
鰭酒《ひれざけ》や鬼籍《きせき》となりしひとのこと
瀬戸内寂聴《せとうちじゃくちょう》

（※川崎展宏の追悼）
冬樫《ふゆかし》の青しよ展宏《てんこう》の笑顔
金子兜太《かねことうた》

初時雨あの日あの刻《とき》夫のゐて
木田千女《きだせんじょ》

丈草の墓より貰《もら》ふ竜の玉
飴山實《あめやまみのる》

恩師みな天にきらめく冬の星　津沢《つざわ》マサ子《こ》

返り花妻に呼ばるることもうなく　宮津昭彦《みやつあきひこ》

新年

たとふれば独楽《こま》のはぢける如くなり　高浜虚子《たかはまきょし》

（※河東碧梧桐の追悼）

祖母恋し正月の海帆《ほ》掛船《かけぶね》　中村草田男《なかむらくさたお》

初鏡うしろ亡き夫通りけり　木田千女

（※友人の追悼）
天上の宛先知らず年賀状
西宮舞《にしみやまい》

無季

（※母の四十七回忌）
うどん供へて、母よ、わたくしもいただきまする
種田山頭火《たねださんとうか》

（※長女を亡くした折の句）
吾子は死にもろ手をたもちわれ残る
渡辺白泉《わたなべはくせん》

坂道をゆく夢亡母とはだしにて
石牟礼道子《いしむれみちこ》

母なしの師なしの年の坂三たび
上田五千石《うえだごせんごく》

仮の世を仮に出てゆく雨合羽《あまがっぱ》

（※攝津幸彦の追悼）

池田澄子《いけだすみこ》

第六章【辞世】

（※没する5日前の吟、臨終の折にも辞世句を残さなかったためこの句が辞世の句として伝えられている）

旅に病《やん》で夢は枯野をかけ廻《めぐ》る
芭蕉《ばしょう》（本名 松尾宗房／江戸前期の俳人／1694年没／享年51）

花の雲空も名残《なご》りになりにけり
可笑《かしょう》（本名 大石良雄／播州赤穂浅野家国家老／1703年没／享年45）

梅で呑《の》む茶屋もあるべし死出《しで》の山
子葉《しょう》（本名 大高源吾／赤穂義士／1703年没／享年32）

寒鳥《かんちょう》の身はむしらるる行衛《ゆくえ》哉
春帆《しゅんぱん》（本名 富森助右衛門／赤穂義士／1703年没／享年34）

一葉《ひとは》散る咄《とつ》ひとはちる風の上
嵐雪《らんせつ》（本名 服部彦兵衛／江戸前期の俳人／1707年没／享年54）

まづなくや東坡《とうば》が桑《くわ》に時鳥《ほととぎす》
許六《きよりく》（本名 森川百仲／江戸前期の俳人／1715年没／享年60）

此秋《このあき》この夕けぶり身は立枯《たちがれ》のみねの松
秋風《しゆうふう》（本姓 三井／俳人・京都の豪商／1717年没／享年72）

書《かい》てみたりけしたり果《はて》はけしの花
北枝《ほくし》（本姓 立花／江戸中期の俳人／1718年没／享年50余歳）

いと切れぬればもとの水のきれ
言水《ごんすい》（本姓 池西／江戸中期の俳人／1722年没／享年73）

見し夢のさめても色の杜若《かきつばた》
秋色《しゅうしき》（本姓 小川／江戸中期の俳人／1725年没／享年57）

（※絶筆の句）
瘦顔《やせがお》に団扇《うちわ》をかざし絶《たえ》し息
杉風《さんぷう》（本姓 杉山／江戸中期の俳人／1732年没／享年86）

夜のあけて花に開くや浄土門
才麿《さいまろ》（本姓 椎本／江戸中期の俳人／1738年没／享年83）

わか水やふゆはくすりにむすびしお
野坡《やば》（本姓 志太／江戸中期の俳人／1740年没／享年79）

此界《このかい》に二度と用なし秋の風
燕説《えんせつ》（別号 無外坊／江戸中期の俳人／1743年没／享年73）

たましいのちり際《ぎわ》も今一葉《ひとは》かな
羽川珍重《はねかわちんちょう》（本姓 真中／江戸中期の浮世絵師／1754年没／享年75）

月も見て我はこの世をかしく哉
千代女《ちよじょ》（通称 加賀千代女／1775年没／享年73）

しら梅に明《あく》る夜ばかりとなりにけり
蕪村《ぶそん》（本名 谷口信章／江戸中期の俳人・画家／1783年没／享年68）

木枯らしや跡《あと》で芽をふけ川柳《かわやなぎ》
柄井川柳《からいせんりゅう》（江戸中期の川柳の始祖／1790年没／享年73）

ああまよ生きても亀の百分の一
一茶《いっさ》（本名 小林信之／江戸後期の俳人／1827年没／享年65）

うらを見せおもてを見せて散るもみぢ
良寛《りょうかん》（本名 山本栄蔵／江戸後期の歌人・禅僧／1831年没／享年74）

人魂《ひとだま》で行く気散《きさん》じや夏野原
葛飾北斎《かつしかほくさい》（江戸後期の浮世絵師／1849年没／享年90）

動かねば闇にへだつや花と水
沖田総司《おきたそうじ》（新選組撃剣師範／1868年没／享年26）

何処《どこ》やらに鶴《たず》の声きく霞《かすみ》かな
井上井月《いのうえせいげつ》（俳人／1887年没／享年66）

腹いたや苦しき中に明けがらす
山岡鉄舟《やまおかてつしゅう》（幕末・明治初期の政治家／1888年没／享年53）

耳しひて聞き定めけり露の音
三遊亭円朝《さんゆうていえんちょう》（落語家／1900年没／享年62）

（※永眠の十二時間前、病床に仰臥して書かれた絶筆三句）
糸瓜《へちま》咲《さい》て痰《たん》のつまりし仏かな
正岡子規《まさおかしき》（俳人・歌人／1902年没／享年36）

痰《たん》一斗糸瓜《へちま》の水も間にあはず
正岡子規

をとゝひのへちまの水も取らざりき
正岡子規

（※絶筆の句）

死なば秋露の干《ひ》ぬ間《ま》ぞおもしろき
尾崎紅葉《おざきこうよう》（俳人・作家／1903年没／享年37）

只《ただ》頼む湯婆《ゆたんぽ》一つの寒さかな
内藤鳴雪《ないとうめいせつ》（俳人／1926年没／享年80）

春の山のうしろから烟《けむり》が出だした
尾崎放哉《おざきほうさい》（俳人／1926年没／享年42）

（※自裁の前夜短冊に書く）
水洟《みずばな》や鼻の先だけ暮れ残る
芥川龍之介《あくたがわりゅうのすけ》（小説家／1927年没／享年36）

露草や赤のまんまもなつかしき
泉　鏡花《いずみきょうか》（小説家／1939年没／享年67）

もりもりもりあがる雲へ歩む
種田山頭火《たねださんとうか》（俳人／1940年没／享年59）

（※絶筆の句）
石枕してわれ蝉か泣き時雨
川端茅舎《かわばたぼうしや》（俳人／1941年没／享年45）

別れ路やたゞ曼珠華あるばかり
久保《くぼ》より江《え》（俳人／1941年没／享年58）

行列の行きつくはては餓鬼地獄《がきじごく》
萩原朔太郎《はぎわらさくたろう》（詩人／1942年没／享年57）

震災忌我に古りゆく月日かな
永田青嵐《ながたせいらん》（俳人／1943年没／享年68）

これでよし百万年の仮寝《かりね》かな
大西瀧治郎《おおにしたきじろう》（海軍軍人神風特別攻撃隊創始者／1945年没／享年55）

悔いもなく怨《うら》みもなくて行く黄泉《よみじ》
松岡洋右《まつおかようすけ》（昭和期の外交官・政治家／1946年没／享年67）

病めば蒲団《ふとん》のそと冬海の青きを覚え
中塚一碧楼《なかつかいっぺきろう》（俳人／1946年没／享年60）

（※入院後闘病に専念したが二か月後に逝去。辞世句となった）
蟬時雨《せみしぐれ》子は担送車《たんそうしゃ》に追ひつけず
石橋秀野《いしばしひでの》（俳人／1947年没／享年39）

臨終《りんじゅう》の庭に鶯鳴きにけり
青木月斗《あおきげっと》（俳人／1949年没／享年71）

光りつつ秋空高く消えにけり
永井隆《ながいたかし》（医学博士・随筆家／1951年没／享年44）

（※永眠数日前の句）
春の山屍《かばね》をうめて空しかり
高浜虚子《たかはまきよし》（俳人／1959年没／享年86）

誰彼《だれかれ》もあらず一天自尊《いってんじそん》の秋
飯田蛇笏《いいだだこつ》（俳人／1962年没／享年78）

（※絶筆三月七日、四月一日逝去）
春を病み松の根つ子も見あきたり
西東三鬼《さいとうさんき》（俳人／1962年没／享年63）

（※最終句で亡くなる日の句帖に鉛筆書きされた）
小でまりの花に風いで来りけり
久保田万太郎《くぼたまんたろう》（俳人・劇作家／1963年没／享年75）

（※病床にあって短冊に書き遺した絶筆二句）

雪はげし書き遺すこと何ぞ多き

橋本《はしもと》多佳子《たかこ》（俳人／1963年没／享年65）

雪の日の浴身一指《いっし》一趾《いっし》愛《いと》し

橋本多佳子

秋冷えや蒼々《そうそう》山川相纏《あいまと》ひ

松根東洋城《まつねとうようじょう》（俳人／1964年没／享年87）

（※最晩年の句）

今生《こんじょう》は病む生《しょう》なりき烏頭《とりかぶと》

石田波郷《いしだはきょう》（俳人／1969年没／享年57）

九十五齢とは後生極楽《ごしょうごくらく》春の風
富安風生《とみやすふうせい》（俳人／1979年没／享年95）

心中にひらく雪景《せっけい》また鬼景《きけい》
赤尾兜子《あかおとうし》（俳人／1981年没／享年57）

さめぬなりひとたび眠りたる山は
京極杞陽《きょうごくきよう》（俳人／1981年没／享年74）

霞草《かすみそう》わたくしの忌は晴れてゐよ
中尾寿美子《なかおすみこ》（俳人／1989年没／享年76）

一輪の花となりたる揚花火《あげはなび》
山口誓子《やまぐちせいし》（俳人／1994年没／享年94）

（※絶句）
枯草の大孤独居士《だいこどくこじ》ここに居る
永田耕衣《ながたこうい》（俳人／1997年没／享年98）

山に金太郎野に金次郎予《よ》は昼寝
三橋敏雄《みつはしとしお》（俳人／2001年没／享年82）

さようなら雪月花《せつげつか》よ晩酌よ
暉峻康隆《てるおかやすたか》（俳人・国文学者／2001年没／享年94）

〈主な参考文献一覧〉

【現代俳句大事典】稲畑汀子・大岡信・鷹羽狩行監修（三省堂）
【俳句人名辞典】常石英明（金園社）
【名句鑑賞辞典】飯田龍太・稲畑汀子・森澄雄（角川書店）
【評解名句辞典】麻生磯次・小高敏郎（創拓社）
【日本名句辞典】鈴木一雄・外山滋比古（大修館書店）
【俳文学大辞典】（角川学芸出版）
【俳句鑑賞歳時記】山本健吉（角川ソフィア文庫）
【角川俳句大歳時記】（角川学芸出版）
【日本の詩歌】伊藤信吉・伊藤整・井上靖・山本健吉（中央公論社）
【芭蕉全句集】雲英末雄・佐藤勝明訳注（角川ソフィア文庫）
【蕪村句集】玉城司訳注（角川ソフィア文庫）
【一茶俳句集】丸山一彦校注（岩波文庫）

【選者略歴】

今井義和（いまい・よしかず）

1948年、滋賀県生まれ。同志社大学商学部卒業後、住友商事株式会社入社。

俳句「砂丘」同人。俳号は義堂。

俳句を嗜むかたわら長年にわたり趣味で名句・秀句の収集をおこなう。

追記

著作権の問い合わせ先が、一部の俳人において不明でしたが、それらの名句を捨てるにはあまりに忍びなかったので、掲載させていただきました。

お気づきの点がありましたら、編集部までお問い合わせいただけると幸いです。

また、俳人の享年は数え年で記載させていただきました。

くりかえし読みたい名俳句1000

2019年9月11日第一刷

選　者　今井義和

発行人　山田有司

発行所　〒170-0005
株式会社　彩図社
東京都豊島区南大塚3-24-4
MTビル
TEL：03-5985-8213　FAX：03-5985-8224

印刷所　新灯印刷株式会社

URL　http://www.saiz.co.jp　https://twitter.com/saiz_sha

ISBN978-4-8013-0387-4 C0192